coordenação editorial
Sálvio Nienkötter

editor executivo
Daniel Osiecki

editor-adjunto
Claudecir de Oliveira Rocha

capa | projeto gráfico
Paula Villa Nova

produção
Cristiane Nienkötter

Dados Internacionais de Catalogação na Publicação (CIP)
Angélica Ilacqua CRB-8/7057

Daniel, Claudio
Casa das encantandas / Claudio Daniel. —
Curitiba : Kotter Editorial, 2023.
104 p.

ISBN 978-65-5361-091-0

1. Ficção brasileira I. Título

CDD B869.3

23-0644

1ª edição

Kotter Editorial
Rua das Cerejeiras, 194 | Curitiba | PR | 82700-510
+55 41 3585-5161 | www.kotter.com.br | contato@kotter.com.br

A CASA DAS ENCANTADAS

Claudio Daniel

Kotter Editorial 2022

Este livro é dedicado a Scheila Di Sodré,
minha mulher, a Alexia Bibi,
Iúri e aos gatos Simon e Lilith.

CAPÍTULO I

Talita Totonho, a cabrita-macho-de-peitos, o senhor se lembra dela? A pobre guria era menina-menino, mercê de Oxumarê, e foi morta pelos meganhas numa rua do Rio Vermelho. Choramos muito por ela, a desdonzela, que depois de morta virou rainha, esposa do Senhor Exu. Se quiser, posso contar a história dela, que ouvi da Maria Quitéria, mas preste atenção, não vou contar outra vez. Talita Totonho, que já foi o Antônio da Zizinha, Toninho Maluco e Tonica do Encantado nasceu no buraco de uma quebrada, filho-filha de Dona Jibi, a benzedeira, e painho Tinoco, o biscateiro. Com doze anos, já era moça bonita, de olhos castanhos, dentes brancos, muito brancos, e pele negra como céu da meia-noite. Braços magros dela sempre estavam em mangas de camisa, botões até o pescoço, não por discreto recato, mas para esconder marcas dos cortes de gilete; não era malvadez da mãe ou do painho, não senhor, ela mesma se cortava, como castigo: ela-a-suja-ela-a-puta-ela-a-medonha. A menina-menino se achava estranha, peçonha-muruxaba, encosto que só atrai desgosto.

Já mocinha, fugiu de casa, para cair no mundaréu-mundão; viveu na rua, fumou crack, juntou uns trocos de pequenos trampos, botou uns peitos e virou guri-guria de programa, em casas da luz vermelha. Era gente de boa paz, para quem a conheceu, a louca-sem-tumulto-escarcéu, até encontrar o meganha, o infeliz zé-diabo-dos-macacos, sargento da Polícia Militar, que se engraçou com as graças dela. Talita era tonta, tontinha, totonha e caiu na conversa do polícia; tiveram caso-faísca, corredeira-espumosa-de-rio, clarão-fulgor-de-cascata. O moço, contou a preta Maria Quitéria, largou mulher e dois filhos num sobrado em Cruz do Cosme para viver com Totonha num barraco em Sussuarana, bairro com nome de onça-que-tem-filho-lá-nos-fundos-da-mata-escura. Amorzinho dos amásios foi colérico-açorado, raio-lumbre-alvura dos lumes de Oyá: depois de três meses, os amantes insensatos tiveram arenga-contenda, por motivo de ciúmes dum vizinho chamado Manuel do Eldorado, que vendia peixe defumado no mercado. O polícia encheu a muié de porrada e ela saiu de casa humilhada, desencantada. No depois disso, o zé-diabo-dos--macacos, em fereza-fúria-danação, reuniu tropa-matilha-de--azucrins e fizeram a moça de peneira, alvejada com trinta tiros de taurus, calibre 38, o senhor acredita? Rosto dela ficou desfigurado, braços e coxas, roxos de surras, dedos quebrados, colo tingido de rubro-vermelhão.

O mata-minha-cabra-mata-meu-bode ficou por isso mesmo, ninguém foi ver o sol nascer quadrado, não, senhor, esses crimes ninguém pune, o senhor entenda ou não entenda: o bode preto não vai berrar diferente. Morte de Talita foi uma tristeza de fazer pedra chorar até virar porco-espinho; foi uma tristeza de fazer formiga chorar até virar jabuti. Todo mundo sabe, o padre e a neta do padre, o jacaré e a neta do jacaré, que essas coisas acontecem desde a curva do arco da velha. Desde quando vovó Nanã era negrinha mucama de madama e trabalhava na fazenda do Seu João Crispim, aquele-que-currava-curumim, o canhoteiro, o danoso, aquele-que-enterrava-negrinhos-no-jardim. Ou ainda antes disso, pergunte ao Homem da Meia-Noite, pergunte à Mulher do Meio-Dia. Eu, João Mojubá, vou lhe contar toda a história, porque da missa, o senhor não sabe a metade. Então, vamos adiante, escute o caso, vou lhe dizer a verdade, porque Deus não gosta do preguiçoso e fura olho do mentiroso. Sou sujeito que não joga conversa fora, só para ver o boi dormir com o jumento; nunca vi rastro de cobra, nem couro de lobisomem; só falo o acontecido, sem desvarios de gente amalucada. Eu não rasgo bosta, nem mastigo dinheiro, então, vamos direto ao assunto.

Talita tinha uma irmã, mana-maninha, chamada Joana, casada com Seu Fausto da farmácia. Quando ela soube da matação, voltando do mercado para casa, ficou arrasada; há muito tempo não recebia notícias de Talita, sua irmã-irmão caçula, e agora esse negrume--de-abismo-dor-desalento. Joana virou ruína. Pense numa mulher moída, jogada no chão da cozinha, chorando, pernas estendidas no piso, braços atirados no colo, sobre o vestido amarrotado, cabeça recurvada, olhos de quem não via nada ou ninguém. Ela sofreu assim em tristeza e raiva, tristeza e dor, no infinito do finito. O caso comoveu a cidade, o senhor acredite; na Praça do Pelourinho, houve rezas pela alma da pobre diaba, num ato que juntou frade franciscano com sheik muçulmano, yalorixá de terreiro com monge zen-budista, todos rezando pela alma da coitada, que agora está no orum, nos braços de Oxalá. Pobre Talita Totonho, moleca-moleque, piá--guri-de-tetas! Após a cerimônia, que reuniu centenas de pessoas, comovidas com a morte da menina, houve o velório do corpo mutilado, na capela do Cemitério Campo Santo, um dos mais antigos de Salvador. Coroas de flores brancas, vermelhas, amarelas, alguns parentes e amigos; depois do velório, a cabrita-macho-de-peitos foi cremada e as cinzas, jogadas nas águas do Rio Vermelho, para que ela fosse recebida no reino das águas de Iemanjá.

Joana, a mana-da-mina, guardou luto de vestes negras, palavras negras, lágrimas negras; depois, decidiu punir o cornudo que fez aquela atrocidade. Ela não teria paz em seu coração enquanto não colocasse tudo em pratos limpos. O matador-asmodeus carecia de castigo, por Talita e por todas as pretas matadas no assim à-toa da maldade. Eh-ah-uh, o senhor não conhece Joana, minha madrinha-cara-de-fuinha, então vou falar um pouco dela, para o senhor ter sabência. Oxe, não se avexe, doutor, a conversa será mais breve do que o pescoço da galinha, o senhor acredite; não apreceio lero-lero, papo torto de cocô meu bode e xixi minha nega. Direi o que sei, depois, ficarei mudo como sapo em meu muquifo, nessa esquina da rua Gregório de Matos com o Largo de São Francisco, perto da igreja dourada, onde eu moro com meus cães e minhas tralhas, onde escrevo o que penso em meu caderno, fumo e bebo meu marafo.

Pois bem, Joana, filha de Dona Jibi, chamada de Dona Zizinha, a benzedeira, trabalhava na farmácia de Seu Fausto, perto do beco de Maria Paz. Cuidava do caixa, controlava o estoque, fazia balanços da contabilidade e também receitava banhos e chás de ervas, dava passes e conselhos para quem pedisse a sua ajuda, a curandeira, que aprendeu essas magias com sua mainha, a rezadeira. Joana, a moça-das-folhas, morava com o marido numa casa na rua Santo Antônio e levavam vida simples, de poucos caprichos. Nas sextas-feiras, ela ia ao Clube das Tecedeiras, onde bordava, fiava e tecia: fazia toalhas, colchas, tapetes, que eram vendidos no bazar do centro espírita Nossa Senhora do Rosário, que fica lá na rua Baraúna. Joana era preta miúda, magriça, de poucas palavras; quase não sorria, mas estava sempre pronta para ajudar os outros. Agora, o senhor saiba, ela também era ranheta, não gostava de xavecos e metia o louco se alguém mexesse com ela; coitado do arrombado que arrumasse treta, ele ia ver só a lasqueira-pedreira, ia ver só a cobra dar cria no mato, o rebuliço-redemunho, por isso não enfureça a filha de Obá, aquela que carrega espada e ofá. Quem tem cu, tem medo, já dizia Jizé Jilfredo, e em boca fechada não entra mosquito, então, fique quieto no seu canto, seu moço, não arrume alarido-alvoroço.

Madrinha passou a trabalhar meio período na farmácia de Seu Fausto, depois do acontecido; no restante do tempo, conversava com as pessoas que conviveram com Talita, para tentar descobrir os porquês da matança. Os pais da coitada nada sabiam, desde que o moço-cabra-cabrita abandonou a casa para viver sua vida; painho Tinoco, que sempre andava às turras, facão na cintura e cigarro de palha no canto da boca, nunca ofereceu perdão ao filho-filha-desfilhado, tinha vergonha, achava transformismo coisa do chifrudo, o Senhor das Moscas; a mãe, Dona Jibi-Zizinha, sentia pena dele-dela que virou muié-dama, homi-muié-à-toa, meretriz da casa de luz vermelha; chorava baixinho, para ninguém saber que ela sofria dessas dores que ficam no lá dentro da corcunda do tatu, lá no fundo do olho da formiga. Apenas rezava e rezava pela filha. Amigos, Talita não tinha; colegas de escola, primos, ninguém queria ter nada com ele que virou ela. Assim, no meio da barafunda dos que viram-e-não-viram, ouviram-e-não--ouviram, Joana resolveu perguntar nos cabarés, nem que tivesse de ir a todos os puteiros, conversar com piranhas e travecos; alguém contaria alguma coisa. Minha madrinha, o senhor saiba, é mulher-arribaçã, cavala brava que não tem medo de nada. O cramulhão que aguarde, ele, o canhoto-tinhoso-borra-botas. Joana caminhou na Ladeira do Comércio, Barroquinha, Pituba, Patamares, Praça da Sé, conversou com marafonas, bofes e bruacas, mas não conseguiu nada delas, que pouco falavam, por ignorança, medo ou descaso; às vezes, nem conseguia entrar nas baiúcas, era barrada na entrada pelos seguranças. Imaginem a vergonha dela, mulher recatada, sempre tão guardada, com a blusa abotoada e sapatos fora de moda, andando por aquelas bocas, sendo vista com o rabo do olho pelos malandros desses antros.

Foram meses de busca sem resultados, até que um dia, sentada num boteco na Praia do Porto da Barra, encontrou Jesualda-Jesuíno, moça-menino de cabelo preto curto, dentes ruins e pequenos seios pontudos que conheceu Talita Totonho no cabaré da Ângela Agulha, na Barroquinha. Ela foi amiga de Talita, saíram algumas vezes para beber tequila ou fumar maconha, depois perderam contato. Putas e travecos nunca ficam muito tempo na mesma casa, às vezes brigam com a cafetina, fazem treta por causa de macho ou apenas vão para outro puteiro onde ganhem mais. Talita, que começou fazendo ponto na Rua das Abelhinhas, vestida de couro preto, sapatos de salto alto e muito maquiada, logo criou página no Instagram para receber mensagens e combinar encontros num flat do Rio Vermelho. Quando não estava bebendo, trepando ou chorando, ela ficava deitada no quarto, assistindo séries na televisão. Talita era muito sozinha, contou Jesuíno-Jesualda. Depois, conheceu o tal meganha-sem-nome, que se assanhou para os lados da desdonzela desfolhada; os dois ficaram juntos por um tempo, até o caso virar notícia de jornal. Isto foi o que madrinha ouviu nos poucos minutos de conversa com Jesualda-Jesuíno, que depois se levantou e foi embora. Quase tudo que ouviu, ela já sabia, menos o que ela queria. Como se chama o desalmado? Onde mora esse meganha, borra-de-bosta-com-olho-de-seca-pimenteira?

Madrinha tinha um parente chamado Tonhão Cosme, preto astuto, atrevido, escrivão de polícia; talvez ele ouvisse algum disse-que-não-disse, fuxico-lufada-de-vento, enquanto amarrava o bode com a cabra e o cabrito. Ela procurou o tal parente, mancebo maroto, para tentar saber qualquer coisa do bicho ruim que matou sua mana, seu mano. Eles combinaram de se encontrar num restaurante na Rua do Silêncio, onde Tonhão Cosme apareceu vestido com calças brancas, sapatos brancos, terno branco, chapéu branco e gravata vermelha, como se fosse o Seu Zé Pelintra, vindo do reino dos Encantados, lá do Juremá. O preto sentou-se na mesa com ela, pediu feijoada e uma dose de cachaça, pitou um cigarro e foi logo entrando no assunto, dizendo que o caso de Talita nem foi registrado nos arquivos da polícia, como se a matança não tivesse acontecido. Tudo o que se sabe é o que saiu no jornal: corpo encontrado no mato, seminu, trinta tiros nas entranhas, mais nada. Dizem que foi alguém da polícia, mas não existe prova nenhuma, só boataria de gente que fala pelos cotovelos. A prima devia esquecer essa história. Que ela fosse cuidar de sua vida, para evitar o fuzuê-banzé-rebuliço. Joana ficou furiosa e rodou a baiana com o desalmado: onde já se viu, dar as costas a alguém da família, morta assim, na crueldade? Ele achava isso certo? Tonhão Cosme disse que não, mas ele não queria botar a mão em cumbuca ou acabaria vestindo paletó de madeira e seria mandado para a cidade dos pés juntos. O que foi feito, foi feito. Agora, o que ele ouviu dizer, no falatório de murmúrio, é que o tal meganha nem estava mais em Salvador, deixou a corporação e foi morar em São Paulo, mas isso são histórias que o povo diz, na zuada-futrico-do-ruído, nhem-nhem-nhém das imaginações. A prima carece de cuidar de sua saúde, disse Tonhão Cosme, seguir com o trabalho, a família, guardar luto, vencer os tigres da tristeza e, se for preciso, buscar ajuda espiritual. Ele acendeu outro cigarro e falou para ela sobre a Casa das Encantadas, que era como o povo chamava o terreiro de Mãe Zica de Oxaguiã, na rua Corpo Santo, lá na Ladeira da Montanha. A casa de axé tinha uma história triste de dar soluço em cobra-grande, que agora vou lhe contar.

Dizem que há muito tempo, na época do governo do Doutor Getúlio, ali funcionava um cabaré, com meninas morenas que vinham da zona do sertão para ganhar a vida; uma delas, alcunhada Esmeralda, moça bonita, de cabelos pretos longos e rosto de cigana gitana, conquistou o filho do prefeito Seu Jurandir, o tinhoso. O rapaz e a rameira se esfregavam quase todas as noites no cabaré e o caso ficou conhecido na cidade como A Puta e o Filho do Prefeito, escreveram até um folheto de cordel com esse nome. O moço, chamado Eusébio, não ligava para os falatórios; isso é boca de sacola, ele dizia, é peido de corcunda, cuzinho-ponta-de-tripa. Vou me formar em Direito, tirar Esmeralda da vida, casar com ela de papel passado, em igreja e cartório, depois saímos de Salvador e vamos para outra cidade, disse para o pai, Seu Jurandir, o danoso, que não gostou nada dessa história. Quis mandar o filho estudar no estrangeiro, para ter diplomas, depois seguiria carreira política, deputado primeiro, depois senador; se não gostasse, ele podia tocar a fazenda de gado, casar com moça direita, criar filhos, mas não juntar trapos com muié-dama-rameira, isso não era certo. Eusébio ouvia o pai, mas só pensava na bailaora gitana catalana com tetas de pontas rosadas, nos olhos verdes da putana dançadeira cigana. Com ela, sim, queria casar, mesmo que o pai não aprovasse. Jurandir, então, chamou os homens, jagunços, paus-mandados, e deu a ordem. A tropa invadiu o cabaré, matou as meretrizes, depois botou fogo na casa. A partir daqui, começou a lenda das Putas Fantasmas. O senhor quer ouvir o resto da história? Ficou curioso? Então, eu vou contar o que escutei do povo da rua, sabedor desses causos.

O lugar foi comprado mais tarde por um inglês, mister Douglas Smith, que derrubou tudo o que restava de paredes e muros, limpou o terreno e construiu uma casa de dois andares, com a ajuda de seus filhos maiores. Apesar dos avisos dos vizinhos, Seu Smith foi morar lá com a mulher, Dona Gertrude, e os cinco filhos, duas meninas e três meninos, sem dar ouvidos aos boatos que corriam, falatório de gente bruta. Eles ficaram lá por uma, duas, três semanas, depois se mudaram às pressas e colocaram a casa à venda, sem dizer nada a ninguém. Depois, o Seu Ezequiel, que veio de Sergipe, montou lá uma cervejaria, comprou máquinas de chope da Alemanha, montou as mesas, o balcão espelhado, fez estoque de dois anos, contratou pessoal, mas ninguém queria beber naquela casa, que ficou às moscas, e o sergipano foi à falência. O povo da rua dizia: são as encantadas, as almas das meretrizes mortas que assombram o lugar, elas ainda se lembram dos tiros, do fogo e dos corpos queimados; elas nunca terão paz, as pobrezinhas. A casa da rua Corpo Santo depois virou farmácia, açougue, mercadinho, livraria, mas nenhum desses negócios foi em frente, até Dona Zica comprar o imóvel e fazer a limpeza, com ajuda das filhas de santo. Queimaram ervas para a defumação, rezaram, cantaram, acenderam velas para as meretrizes mortas e a casa ficou purificada.

As moças-fantasmas, diz o povo da rua, evoluíram no mundo espiritual, tornaram-se pombas-giras e nunca mais incomodaram os moradores, bem ao contrário: passaram a ser guias que incorporavam nas médiuns e davam conselhos para quem pedisse ajuda àquelas santas almas redimidas. Tonhão Cosme insistiu com a prima para que ela fosse a uma gira de Mãe Zica, com certeza ela receberia um conselho, uma palavra de conforto, de orientação. Joana, já contei ao senhor, fazia orações, receitava chás e banhos de ervas, coisas que aprendeu com a mãe dela, Dona Jibi-Zizinha, a juremeira, que também fazia partos para mulheres pobres, sem cobrar nada. Ela aceitou a dica do primo e foi ao terreiro, pedir proteção. A casa de Mãe Zica tinha um terreno onde ela cultivava plantas sagradas, arruda, alecrim, aroeira, arnica, guiné, malva-branca, capim-limão, mutumba, jurema, são-gonçalinho, comigo-ninguém-pode e outras folhas mais; ali ficava também o assentamento de Exu, Senhor das Encruzilhadas. Dentro da casa, toda pintada de branco e azul, havia o barracão, onde se sentavam os fieis; no centro, havia o espaço onde os cambonos, vestidos de branco, batiam palmas, dançavam e cantavam, e mais ao fundo ficava o congá, com imagens dos orixás, caboclos, marinheiros, baianos, ciganos, pretos-velhos. Nas paredes da sala, havia cocares, arcos, lanças, machadinhas, espadas e outros objetos sagrados, além de pinturas de Oxum, Nanã, Iansã, Iemanjá. A gira começava com o toque de atabaques, a saudação a Exu, depois o ponto da defumação:

Defuma com as ervas da Jurema
Defuma com arruda e guiné
Alecrim, benjoim e alfazema
Vamos defumar, filhos de fé.

Quando Dona Zica de Oxaguiã entrava no terreiro, vestida com adereços de índia tapuia, tocando o maracá e fumando cigarro de palha, havia nova saudação dos fiéis e batida de palmas, em seguida vários pontos cantados, dedicados aos orixás:

Eu vi mamãe Oxum na cachoeira
sentada na beira do rio
Eu vi mamãe Oxum na cachoeira
sentada na beira do rio
colhendo lírios, lírio-ê

colhendo lírios, lírio-ah
colhendo lírios pra enfeitar nosso congá.

* * *

A mãe Janaína
É moça bonita
A mãe Janaína
É rainha do mar
Quando ela vem
Vem na flor d'água
Solta seus cabelos
Janaína
E sai da água

* * *

Se meu pai é Ogum
Vencedor de demanda
Quando entra no reino
É pra saudar
filhos de umbanda

Ogum, Ogum Iara!
Ogum, Ogum Iara!

Salve os campos de batalha
Salve a sereia do mar

Os médiuns do terreiro, fumando cigarros e charutos, misturavam ervas em cuias de barro, traçavam no chão com giz branco os pontos desenhados de umbanda, para depois atenderem os fieis do barracão, por ordem de chegada. Homens e mulheres, de todas as idades, vestidos de branco, descalços, com colares de contas coloridas, recebiam passes e baforadas, eram aspergidos com a água misturada às ervas e então conversavam com os guias e pediam auxílio para vencerem as demandas. Joana entrou no centro do terreiro, cabeça inclinada, olhos voltados para baixo, mãos unidas na altura do peito, em seu caminhar vagaroso, como se estivesse um pouco acima do chão. Depois, aproximou-se da médium que incorporava a Cabocla Jacyra e contou a triste história da mana-seu-mano, morta à bala pelo bando de cabras ruins, e a impunidade do crime medonho. A Cabocla ouviu o relato, com rosto sereno, depois disse a ela que tomasse um banho de ervas por três dias, para sua proteção e equilíbrio; que acendesse uma vela marrom a Xangô, orixá justiceiro, que tem o machado de duplo gume; outra vela, amarela, para Oxum, a mãe da clareza, que tem um espelho na forma de um leque; e convidou Joana para voltar ao terreiro, na semana seguinte, para conversar com as pombas-giras. Que ela seguisse o seu caminho sem medo, pois justiça seria feita. Madrinha voltou feliz para casa, mas o marido, Seu Fausto da farmácia, cristão devoto, não gostava de macumbas e achava errado a mulher voltar para casa depois da meia-noite; ficou amargo, enfezado, fez cara de burro xucro e foi dormir, todo amuado. Na manhã seguinte, levantou-se antes da mulher, tomou banho, fez a barba e foi abrir a farmácia. Madrinha saiu da cama um pouco mais tarde, tomou o banho de ervas, acendeu as velas, fez as suas rezas e foi cumprir a jornada de trabalho na botica.

Aiê iê Mamãe Oxum
Aiê iê iê Oxum Obará
Aiê iê Mamãe Oxum
Na cachoeira de Oxalá.

Tonhão Cosme ficou preocupado com a prima; tinha medo dela ficar amalucada e sair atrás de cachorro verde ou corvo branco; em rio que tem piranha, jacaré nada de costas, se quiser comer tatu, terá dor coluna, seja prudente, ou perderá um dente. Ele pensou em como ajudar a parenta aflita, que não ia acabar sua busca, sem antes conseguir respostas. Se ela continuasse a fazer perguntas na zona do meretrício, logo cairia em bafafá de arruaça, no distúrbio da vozearia, e os poliças dariam fim nela, nessa preta macumbeira, manhosa, abusada, que não respeita autoridades. O melhor seria tirá-la de Salvador, para protegê-la dos satanazes; uma viagem a outra cidade poderia clarear mais suas ideias, com as bênçãos de Oxum. Madrinha não pensava desse modo, não se preocupava com si mesma, queria apenas encontrar a verdade, fazer justiça, para a paz da alma de sua mana-oh-mano. Na outra semana, voltou à gira na casa de Mãe Zica, dedicada aos exus e pombas-giras, em busca de respostas que aliviassem a sua sina.

O Sino da igrejinha faz blém blém blom
O Sino da igrejinha faz blém blém blom

Deu meia-noite o galo já cantou
Seu Tranca-Ruas que é o dono da gira

Oh corre gira que Ogum mandou

Joana esperou a sua vez de ser chamada e dessa vez quem conversou com ela foi Dona Maria Padilha, bombogira, pambu nzila, a mãe-da-rua, mãe-farrapo, mãe-das-putas, mãe-das-trevas, mãe-mulambo, mãe-da-buceta-sagrada. O senhor conhece a história dela? Não sabe? Maria Padilha, quando encarnada, foi dama da aristocracia, amante de Dom Pedro I de Castela, com quem casou em segredo e teve quatro filhos. Ela gostava de usar vestidos vermelhos, beber vinho e champanhe, cantar e dançar, era invejada por outras moças da nobreza e morreu envenenada por inimigos do rei. Depois de morta, virou rainha, no mundo das almas. Ela é mulher sabida e assanhada, que faz aquilo que lhe dá na cabeça; bebe cachaça no gargalo, dança com Seu Exu, fuma cachimbo e cigarro, ama quem deseja amar e não dá satisfação a pai, padre ou marido. Ela não aceita desaforos de macho, não senhor, nem deixa suas filhas ao deus-dará, na arribaçã; ela protege quem pede sua ajuda, dá conselho a quem está aflito e segura na mão daquele que tem medo, ensinando as coragens da malandragem.

Ela diz que vem de longe
Pra dizer quem ela é
É uma velha feiticeira
Que trabalha como quer.

* * *

Juraram de me matar
Na porta de um cabaré

Juraram de me matar
Na porta de um cabaré

Eu passo de dia
Eu passo de noite

Não mata porque não quer.

Joana contou a Padilha o mal que lhe acometia; a mana-mano foi matada na maldade, por um escroto-puliça-satanazim; que o tipo-sem-nome-sem-face saiu da cidade e tudo ficou na impunidade. Aquilo não era o justo, não estava conforme a lei de Oxalá;

devia ser feita a justiça, nem que fosse na ponta da faca. Ficar no assim-assim-mesmo, isso ela não aceitava, não podia aceitar. Que Maria Padilha lhe desse um conselho de como achar esse cabra, de como fazer ele pagar pelo malfeito-malefício. A Mãe-das-Sombras, Dona-da-Buceta-Divina, Pomba-Gira-dos-Cabarés, disse a minha madrinha que serenasse o coração; que tirasse de si tanta raiva, tanto sentimento ruim. Justiça seria feita, porque toda ação tem a sua resposta; o cabra seria punido pelo malfeito, mas vingança não era o melhor caminho. Que ela acalmasse o coração, ele lhe daria a melhor resposta. Joana voltou para casa, aborrecida, sem entender o conselho de Maria Padilha; caminhava com a cabeça baixa, mãos pensas, em passos lentos. Seus olhos viam e nada viam a sua volta, como se estivesse cega, ou enxergasse apenas as sombras de dentro, o escuro no sangue, nas vísceras, nos ocos de si. Seus ouvidos não escutavam o ruído dos carros, motos ou os passos de quem andasse a sua volta; só ouvia o silêncio do escuro, como se ela própria estivesse morta, egum alheio ao aiê e ao orum.

Quando entrou em casa, Seu Fausto estava na sala, de chinelos, sentado na poltrona, assistindo televisão; ele nada disse, deixou a sombra da mulher se arrastar até o quarto, mas em sua testa, nariz, sobrancelhas, estava impressa uma calada reprovação à conduta da mulher. Oxe, agora toda semana vai ao terreiro, às macumbas? Ela não tem nada mais proveitoso para fazer na vida? Seu Fausto não nasceu de um caule de palmito, era astuto, embora pacato, retraído, de boa paz. Ele não era homem de atritos ou arruaças; levantava-se cedo, passava o dia todo na farmácia, voltava para casa, cuidava de seus afazeres, depois deitava-se para dormir. Há muito tempo, Seu Fausto não tocava na mulher; simplesmente não tocava, não sentia desejo, mas ela era sua posse, seu animal, sua coisa, e devia respeitá-lo. E se ela estiver tendo um caso com Feliciano, o rapaz alagoano da padaria? Ou com o barbeiro Clodoaldo, que sempre elogiava os dentes brancos dela? Como diz o Tiago Araripe, ajoelhou para mijar e não é sapo, tome cuidado.

Saiba com um olho o que te diz o teu ouvido, não compre gato por lebre, passarinho por bacalhau, se não, é um cu de caroço. Seu Fasto pensamentava nessas coisas, dia após dia, semana após semana; por que Joana batia pernas pela cidade, tudo por causa de um zé-maricas, baitola, maria-chulé, pula-pocinhas, encosto que só deu desgosto? Morreu, está morto, eu não cago arco-íris, não acendo vela para mau defunto, quem te pariu, que te dê caruru, desse cachimbo, eu não fumo, não sou louco de dar nó em tripa. Ele pouco disse à mulher, no início, de seu desgosto pelas demandas dela; achou que fosse bobagem passageira, mas não era. Joana anotava num caderno todas as informações que recebia sobre a morte da irmã-que-era-irmão; as breves notícias de jornal, relatos de travestis e prostitutas, conselhos de Tonhão Cosme, até as revelações da Cabocla Jacyra e de Maria Padilha; o caderno era como se fosse um diário, e o pouco que ela sabia não lhe dava a direção para continuar a busca; qual era o nome do asmodeus-bafomé? Como ele se parecia? Onde morava? Quem esteve com ele, na noite da matação? Essas perguntas, ninguém respondia, e para pessoa sensata, não havia solução, nem sequer havia registro nos arquivos da polícia, jurava Tonhão Cosme.

Por que prosseguir com aquilo?

Seu Fausto não entendia, e queria colocar fim às doidices da mulher, que ela fizesse algo mais útil, ficasse com ele na farmácia, em rotina integral, para atender à clientela, fosse à igreja, confessar-se com o padre, qualquer coisa, menos perder tempo com a morte do truão. Isso se não fosse lábia da mulher para sair com zé-da-esquina; ela ainda era bonita, para mulher de meia idade, e não tinha a xota trancada por Exu. Ele resolveu investigar, então, o que estava acontecendo, e chamou um seu sobrinho, alcunhado Xico Mefisto, para ficar de olho na patroa; que o desocupado a seguisse, em troca de uns trocos, e lhe contasse tudo que visse e ouvisse, como se fosse a sombra dela. O rapaz então passou a vigiar Joana, e relatava tudo o que descobria a seu Fausto: que a mulher estava sempre nas ruas de gente que não presta, conversava com putas e cafajestes; chegou inclusive a entrar num desses puteiros, mas ficou pouco tempo por lá. Que ela se encontrava com o primo, filho de uma rapariga, quase toda semana, em bares e cafés, e toda sexta-feira à noite ia nas macumbas, lá na Casa das Encantadas, que já foi casa de muié-dama e hoje é antro de adorar o diabo. Isso foi o que o moleque descobriu, e confirmou o que Seu Fausto suspeitava: Joana estava pouco se importando com a morte da bezerra, da mana-macho-cabrita, ela estava era tendo caso com o malandro do primo, cafajeste com dentes de ouro e sapatos de sambista, que vivia nos bailes xavecando as negras, um desqualificado, um ninguém, pretume de azarume. E agora, o que ele ia fazer com a mocreia? Dar tiro, surra de porrete, quebrar os dentes dela no soco, expulsá-la de casa, dar vexame para a vizinhança, assim ela ficaria mal falada? Se ele era corno, cornudo, chifrudo, o boticário de pau mole, é mais do que justo a mulher ser chamada pelo povo de puta, piranha, arrombada, era isso que ela merecia, por trair a confiança do marido. Seu Fausto pensava em qual seria a melhor atitude, para não ficar o dito pelo não dito.

Na sexta-feira, madrinha voltou à Casa das Encantadas, e dessa vez quem atendeu a aflita foi a pomba-gira Maria Navalha, mulher de Seu Zé Pelintra. O senhor conhece a história dela? Então, vou lhe contar, preste muita atenção. Maria nasceu no bairro da Gamboa, na zona portuária do Rio de Janeiro, e foi criada numa favela, lá nos tempos em que se amarrava cachorro com linguiça. Ela perdeu os pais muito cedo, a pobrezinha, e não aguentando os abusos e maus-tratos do padrasto, preferiu viver na rua, levando com ela a irmãzinha. Com os poucos trocados que tinha, alugou um quarto de pensão para as duas, na rua da Forca, e foi ganhar a vida fazendo ponto nas esquinas. Maria era linda, usava vestidos bem curtos, para mostrar as pernas, andava sempre descalça, fumava e bebia com gosto. Com o dinheiro que recebia de seus clientes, pagava o quarto e cuidava da irmã. Um dia, num boteco na quebrada, três homens a agarraram, e quiseram abusar dela; Maria lutou com eles, mas não conseguiu se livrar dos azucrins, até que apareceu um negro alto, usando terno branco e gravata vermelha. Ele puxou um dos cabras e encheu a cara dele de porrada; depois, enfrentou os outros dois, jogou capoeira e colocou os vadios para correr, bem machucados. Era o Seu Zé Pelintra quem protegeu Maria; ofereceu a ela uma navalha, para se defender quando precisasse, depois foi embora, no assim-assim, e Maria Navalha voltou a sua vida, agora apaixonada por aquele preto troncudo de suaves palavras. Apesar de protegida, sua sorte não durou para sempre, e um dia ela foi morta a facada, na porta de um cabaré. Sua alma, atormentada, evoluiu no lado de lá, a moça aprendeu as magias das pombas-giras e virou guia para auxiliar as almas de mulheres sofredoras.

Não mexa com ela
Que ela nunca anda só
Não mexa com ela
Que ela nunca anda só

Carrega sete navalhas
Em malandro ela dá nó
Seu nome é Maria Navalha
Guardiã da lei maior

Esta é Maria Navalha, que conversou com Joana e lhe abriu os olhos; disse à moça que sua mana-meu-mano foi morta por meganha, belial-astarote, e que a polícia sabia disso, sim. Que ela seguisse a sua demanda com muito cuidado, para sua segurança; e que tomasse cuidado com pessoas muito próximas a ela, pois alguém lhe desejava mal. O senhor imagine a aflição de Joana, ao ouvir essas palavras! Ela voltou para casa, receosa, acabrunhada. No meio do caminho, encontrou Tonhão Cosme, seu primo, que a chamou para tomar pinga num bar; madrinha não bebia, mas acompanhou o mulato astuto, que lhe revelou tudo. O nome do cabra era Waldomiro Arcanjo; ele deu baixa na corporação, mudou-se para São Paulo, capaz até de estar usando outro nome. Que agora ele ia embora, e se alguém lhe perguntasse, ele nunca lhe disse nada; de sua boca, não saiu palavra, nem mosquito. E entrou por um perna de pato e saiu por uma perna de pinto, mandou El-Rei meu senhor, que me contassem mais cinco. Joana, feliz com a revelação, agradeceu muito ao primo, que era a cara de Seu Zé Pelintra, e continuou o seu caminho. O que eu lhe conto, o senhor sabe, é tudo o que ouvi do povo da rua; tudo o que me disse a preta Maria Quitéria. Ao chegar em casa, encontrou seu Fausto, na sala de visitas, com o rosto espumoso de raiva; ele tirou o cinto da calça, chamou a mulher das piores palavras que conhecia e surrou-a, por horas; os vizinhos ouviram os gritos e ofensas, o ruído de coisas quebradas, mas ninguém fez nada, nem chamou a polícia; Seu Fausto era homem de bem, homem justo, e fez o que achou certo.

Joana ficou estendida no chão da sala, as roupas rasgadas, a pele toda machucada; ela apenas recolheu as pernas, abraçou-as, em posição fetal, e chorou, chorou muito, antes de se levantar, procurar o estojo de primeiros-socorros e cuidar dos machucados. Esquentou uma xícara de café, já de madrugada, lavou o rosto, pegou a bolsa, um agasalho, trocou de sapatos e saiu de casa, para não voltar. Ela não foi ao pronto-socorro, nem à delegacia, para registrar boletim de ocorrência.

Foi até o aeroporto e comprou passagens para São Paulo.

CAPÍTULO II

Seu Fausto da botica acordou sozinho na casa de tijolos vermelhos e logo percebeu que Joana foi embora, depois da surra de cinto que levou por causa dos ciúmes do marido. O hómi ficou amalucado, no aluar-se; foi até a oficina, pegou um machado, quebrou a cama de casal em pedaços, depois jogou tudo no poço, no quintal da casa, e vedou a boca do poço com cimento. Ele queria se vigar da putana, piranha, muié-de-meia-porta, mas nada sabia de seu paradeiro; jogou fora as roupas, sapatos e trastes dela, os retratos, vasos de plantas, qualquer coisa que o fizesse se lembrar da Joana-meretriz. Nada deixava feliz o infeliz; ele queria algo mais enfático, operístico, para que toda a cidade soubesse da desforra do cornudo da farmácia. E ele pensamentou: Joana-putana foi mulher honesta, direita, até conversar com as pombas-giras na Casa das Encantadas; foram aquelas demonhas mulambentas que mudaram a mulher, que começou a sair, em namoros espúrios, com o malandro do primo; a culpa era delas, das pombas-giras daquele antro de muiés-diabas. Chamou então Xico Mefisto, seu comparsa, que morava na rua dos Valpúrguis; compraram galões de gasolina, foram à meia noite até a casa de axé de Dona Zica de Oxaguiã, quebraram as janelas, invadiram o terreiro e jogaram gasolina em toda parte, no barracão, no congá, nas imagens e retratos de santos, assentamentos, móveis, jardim, em toda parte. Depois, saíram do jeito que entraram, os poltrões, como dois ladrões, e botaram fogo na casa do demônio.

Pela segunda vez, incendiou-se a Casa das Encantadas; Seu Fausto da farmácia voltou para casa sozinho, bebeu uma garrafa de cachaça, gole atrás de gole, e dormiu no sofá da sala, a camisa meio aberta, com um filete de baba saindo pela boca. Nas semanas seguintes, o poviléu falava que o boticário caiu em noia, ficou noiado, o bicho-ruim, o chupa-cabra, o insensato; eu não passo batom em porco, nem ensino jiboia a voar, então vou contar o que sei, o que ouvi da preta Maria Quitéria, o senhor escute. Certa manhã, Seu Fausto entrou no bar do Tiago Alaripe e perguntou a ele como se mata cobra. Tinha cobra na casa do boticário?

– Uma não, ele disse: são uma, duas, três, quatro, muitas cobras, todas brancas, que saem pelo vaso sanitário, sobrem pelos ladrilhos até o teto do banheiro e ficam lá, se ajuntando para depois tomarem a casa toda. O que eu faço para matar as cobras?, perguntou o tio aflito. Tiago Alaripe, seu sobrinho, foi até lá ver e não achou nenhuma cobra, bicho rastejante nenhum.

– Tio Fausto, o senhor pense, isso foi sonho, delírio de imaginações, tem cobra aqui não, cobra nenhuma.

O boticário, envergonhado, voltou para casa, mas não se conformava; ele viu aqueles bichos imundos, aquelas serpes medonhas, que saíram do vaso e depois se esconderam, só para zoarem do amalucado. Pelo sim, pelo não, jogou gasolina nos ladrilhos do banheiro, se as cobras voltassem, iria botar fogo naquelas coisas horrorosas, jiboias do inferno. Uma semana depois, mais tranquilo, Seu Fausto foi à feira, comprar verduras e legumes para o almoço. Então, ele viu uma velha, as faces magras, enrugadas, curvadas para dentro, com lenço seboso na cabeça, vestida de trapos, a mulambenta, que se aproximou dele para vender dedos. Ela tinha um cesto cheio de dedos humanos, de homens e mulheres, de todas as idades, e ofereceu:

– Moço, o senhor compre um dedo. A gente nunca sabe quando vai precisar. Dia desses, a gente acorda e falta um dedo, às vezes dois. Oxi, é ruim demais acordar sem dedos! Compre um, compre dois, para me ajudar, o senhor escolha, leve um para a mão esquerda e outro para a mão direita, o que acha?

E ela sorriu, com aquela boca imunda, com dentes podres, olhos quase sem cor, a demonha. Seu Fausto correu dali para casa, nem comprou o que precisava, e olhava o tempo todo para suas mãos, conferindo se todos os dedos estavam lá, se a velha não lhe furtou nenhum, para vender no mercado. Caiu no sofá, abriu a garrafa de cachaça e bebeu, para se esquecer do infortúnio. O que acontece comigo?, pensou com seus botões. Há três dias, nem abro mais a farmácia, por força do cansaço, que deixa meu corpo pesado, dizia ele, com a garrafa na mão. Ele dormiu ali mesmo, e nem mais fazia diferença entre dia e noite; ficava jogado na sala, às vezes dormia no chão, evitava o quarto onde antes dormia com Joana; fechou a porta do quarto à chave e escondeu-a em cima de um armário na cozinha. Comia legumes crus, deixou a barba crescer, as unhas pareciam de bicho, como se ele estivesse virando lobisomem.

Nem banho mais tomava, as roupas grudando no corpo, pelo suor e abandono. Até que o boticário teve um sonho que mexeu com ele, no-lá-fundo-do-ele-alucinado: sonhou que estava no metrô, dirigindo-se à escadaria, para ir até a plataforma e entrar no vagão. Súbito, dezenas de crianças correram na sua frente pela escada, negras, com uniforme de escola e os rostos virados para a direita, na gritaria da algazarra. Então, todas elas, ao mesmo tempo, viraram os rostos para a esquerda, e Seu Fausto viu que as crianças tinham metade do rosto queimado; pense na pele rugosa, deformada, monstruosa, de quem nem é deste mundo. Ele acordou molhado de suor, na agonia do terror profundo; telefonou para Maria Quitéria, a preta que sabia das coisas do outro mundo, e relatou seu sonho, os incidentes com as cobras e a velha que vendia dedos. Quitéria disse ao boticário que a culpa dele era grande; havia almas zangadas pelos malfeitos do insano, e ele precisava pedir perdão a todos que magoou com seus atos, começando pela esposa, ofendida e agredida sem motivo. Que fosse procurá-la e suplicar por seu perdão. Estas foram as palavras de Maria Quitéria ao dono da farmácia.

No dia seguinte, Seu Fausto comprou um rolo de corda e enforcou-se.

* * *

Sete saias, sete cores, sete dias, sete maridos.

A cigana tinha sete amores. No sábado, vestia saia branca; no domingo, saia vermelha; na segunda-feira, saia amarela, e assim por diante, uma saia para cada dia da semana, uma saia para cada namorado. Ela, a cigana das sete facas, encantava os homens do vilarejo; ela, a cigana de sete pulseiras, era odiada pelas outras mulheres, pois seus maridos só pensavam na vadia das sete saias.

Numa noite de festa na vila, um alguém-não-sei-quem cantou na praça uma toada sobre os amores da cigana, e as sete esposas de seus sete amantes resolveram matá-la.

A cigana putana foi presa numa cabana. Em sete dias, pensaram as madamas, a cigana sacana estará morta de fome e sede. Será enterrada numa cova de sete palmos de terra, cavada por sete coveiros, e será levada ao sétimo círculo do inferno por sete diabos verdes e sete diabos vermelhos.

As mulheres riam e bebiam, riam e bebiam, e seus sete maridos choravam pela amante de sete saias.

A cigana, porém, quebrou a fechadura da cabana e fugiu, caminhou por sete dias e sete noites na estrada de terra, até encontrar uma caravana de ciganos, que a acolheram e levaram a dama de sete belezas em sua viagem.

Sete Saias encantou os olhos do filho mais velho do líder do bando, casou-se com ele e virou baronesa, já que ele era barão. Rica e poderosa, a cigana não se esqueceu daqueles que a humilharam: ela queria vingança e fez o marido jurar por Santa Sara Kali que iria ajudá-la. Pediu a ele que comprasse a casa mais luxuosa da vila onde vivera e organizasse um grande baile de máscaras, convidando a todos para a mascarada. Os homens notáveis do lugar foram à festa com suas esposas, e quando já haviam bebido muito vinho, Sete Saias tirou a máscara e mostrou quem ela era.

Os convidados, então, passaram a xingá-la, inclusive o seu próprio pai, com vergonha da filha mundana. Com muita raiva, a cigana ordenou que os criados do marido ateassem fogo à casa, mas antes trancassem as portas por fora, para que ninguém pudesse sair. Do lado de fora, já na carroça, ela ria e ria, vendo os seus inimigos serem queimados pelo fogo.

Há outras histórias sobre a Sete Saias, como esta que ouvi de Maria Quitéria: ainda jovem, ela apaixonou-se por um homem mais velho, de outra classe social, e seu pai não permitiu o namoro, dizendo que ela desonrava a família. A moça então deixou de comer e beber, até que faleceu de tristeza. Sua mãe colocou-a em um caixão com sete flores e, junto ao corpo, as sete saias que ela mais gostava e também um baralho cigano, para que ela ajudasse outras almas que partiram do mundo com dores de amor.

Dona Sete Saias virou Pomba-Gira.

Laroyê!

* * *

Joana chegou em São Paulo no início da pandemia; lojas, bares, boates, igrejas e casas de axé estavam fechadas, ninguém entrava, ninguém saía, não senhor. Nos vagões do metrô, máscaras e cotovelos de coitados viajavam para os poucos locais de trabalho que ainda estavam abertos. Quem podia, ficava em casa. Rios de mortos fluíram com a pestilência, muitas mãos mortas e a menina torta zomba atrás da porca. Jornais e revistas mostravam o número crescente de vítimas, logo foram 600 mil falecidos. Enquanto isso, o lazarento, cu-torcido, capitão-do-jardim-de-hospício, fazia passeios de moto e lancha com os seus lambe-cu-beiçolas, promovia churrascos com chusmas de tontos e desfiles de blindados velhos da marinha em Brasília, defendia a terra plana e o cu quadrado, tempos de gente amalucada. Por isso, seu moço, reze ao seu orixá, use o seu patuá, faça novena, acenda vela de sete dias, porque nada mais será como antes, só o tumulto-escarcéu-desatino. Nada mais será como antes, só o tumulto-escarcéu- desatino, o senhor aceite. Seu Exu Veludo dançou com a sua capa preta e anunciou a lei da natureza – tudo é miragem, viração e mutação do transmutar-se; mas cuidado, quando leproso fica curado e depois vira cego corcunda, o véio caduco remoça de pau duro e a filha de maria vira mué-de-cabaré, aí tem artes do tinhoso. O senhor esteja atento a essas coisas: se o vento ventar ao contrário, a formiga pegar resfriado, essas desordens todas.

Agora, porém, é o caos da pandemia. E tudo começou com uma ricaça, dama madama, que voltou das europas para o cu dos brasis; ela passou a praga para sua diarista, e a coitada passou a moléstia para o marido e filhos. Quando a mucama da madama apresentou sintoma, foi mandada para o olho da rua, para o olho-do-não-nada, sem receber um tostão, e tudo ficou por isso mesmo. As coisas são assim, na terra das brasas, desde que uns marotos enterraram sapo com boca costurada no quintal de Seu Cabral. Nosso país já nasceu em cemitério de índios, pretos, pardos, putas, e até hoje carrega a má ventura malsinada. Mas agora, chega dessa prosa porque pinto não é ponto; que cada morto volte para sua cova ou vá me procurar no beco do mucambinho.

Joana chegou em São Paulo no início do torvelinho e não sabia para onde ir, desorientada, mais perdida do que barata no pote de melado ou cego em zona de bangue-bangue. Ela resolveu procurar uma prima que há muito tempo não via, filha de Seu Oxalufã; nome da prima era Bárbara, modelo de moda e professora de dança africana, que já deu aulas para a meninada no Solar do Ferrão e até no Solar do Unhão, ão-ão-ão, quando morava em Salvador, antes de sair de lá fugida, de mala e cuia, mão na frente, mão atrás, sem um gato para puxar pelo rabo. Ela saiu no corre-corre com o namorado dela, moleque-trovão-corisco, mas isso já é outra história. A prima talvez a ajudasse a encontrar o que fazer e um lugar para morar, em pleno alvoroço-desatino. Ela ligou para a menina-dançarina-ventania e elas combinaram de se encontrar na Avenida Ipiranga, bem no centro da cidade, onde Bárbara morava em um apartamento antigo e espaçoso, com cadeiras de vime, rede e flores vermelhas na varanda. O amado da moça-morena-que-dança-com-o-vento foi preso, por motivos de política; ela ficou sozinha em casa, dava aulas online para sobreviver e convidou Joana para morar lá com ela por uns tempos, até cada parafuso entrar na sua porca.

Minha madrinha, que não tinha onde cair morta, nem coveiro que lhe cavasse a cova, aceitou, feliz, e ocupou um quarto vago. Começou a procurar trabalho, mas não encontrava nada e começou a pensar no que fazer para ganhar o de comer. Água do rio correu-não-correu, bezerro gemeu-não-gemeu, sacristão fez o sinal da cruz ao contrário e as duas mulheres viveram juntas pelo tempo do destempo. Elas conversaram bastante, histórias antigas de família, casamentos, viagens, doenças e mortes, essas coisas que duas primas conversam. Elas eram tão iguais, tão desiguais, como as águas de dois rios.

Bárbara, menina do vento-ventania-vendaval, era tão bonita que todos gostavam de olhar para ela, com o canto do olho; todos queriam falar com ela, estar no juntinho dela, dormir com ela. A moça do chuvisco-temporal-tempestade tinha os dentes muito brancos, como leite de cabra; a cintura fina, as tetas marrons, de mamilos rosados, a cabeleira em tranças presa em um lenço vermelho, sua voz tão melodiosa, quando ela cantava os cantos que sua avó lhe ensinara em iorubá. A menina dos lábios de lua amou muitos homens, até conhecer Jerônimo, com quem fugiu, com quem se casou. Ela era dona de si, mulher forte, sem limites nem amarras; dançava porque gostava de dançar e não aceitava que macho nenhum a prendesse nos arreios. Se um mano tentasse domar a menina do vento, ela virava tempestade. Joana, mulher de meia idade, era o contrário dela; vestia-se de modo simples, discreto, evitava joias ou maquiagem, era retraída, recatada. Foi casada por vinte anos com Seu Fausto da farmácia e não conheceu outro homem antes dele. Pouco viajara para além de cidades vizinhas de Salvador, para visitar os parentes; largara os estudos após o casamento, antes de concluir o ensino médio, não teve filhos; tudo o que ela sabia era atender aos clientes na farmácia do marido e cuidar das lides de casa e da farmácia. Sabia também as cantigas, rezas e banhos de ervas que aprendeu com a mãe, Dona Jibi-Zizinha, benzedeira, e sabia costurar muito bem. Agora, ela era mulher amarga, nos fundos do lá-dentro: só pensava em vingar a morte da irmã-seu-mano, morta pelo meganha, na traição da bala perdida, que sempre encontra mulheres pretas. O diabolim iria pagar pelo mal que causara, mesmo que ela tivesse de percorrer todas as ruas da cidade; mesmo que tivesse de ir aos quintos dos infernos, para encontrar o bicho ruim e encher seus cornos de chumbo. Foi isso que ela disse para Maria Mulambo, na última vez que foi à Casa das Encantadas. A pomba-gira quis fazê-la mudar de ideia, mas em vão. Joana era teimosa e quando botava uma minhoca na cabeça, ninguém conseguia tirar.

* * *

Maria Mulambo gosta de pedras-flores vermelhas, vestidos vermelhos; chispas-de-lume-lumieira-fogaréu saltam de seus pequenos pés quando ela dança, rindo com dentes ridentes; agita pulseiras, gira e regira. Ela fuma cigarrilhas de canela e brinca com sete cobras brancas, a santa-diaba-yabá, dança no cemitério e no cabaré, a santa-diaba-yabá, na luz das estrelas e no breu do negrume, a santa-diaba-yabá. Ela é esposa do Senhor Exu Legbá, aquele-que--brinca-com-sete-cobras-pretas. Ela dança, gira, agita as dobras do vestido e espalha miuçalhas de seu xeirim de xota alecrim, que seduz machos vestidos de preto e damas vestidas de branco; xeiro de xota cor de carmim, xeirim de cravo e canela, pitanga e guiné, todos os xeiros de sua xota sagrada. Ela veste pano da costa e turbante, sempre com muitos colares e anéis, ela-a-santa-diaba-yabá, e carrega consigo uma pequena cabeça de barro, com olhos e bocas que são conchas, é o seu talismã. Ela faz todos os feitiços, a santa-diaba-yabá, risca círculos mágicos a giz, a santa-diaba-yabá, dança e canta todas rezas e cantigas.

Maria, quando era menina, casou com macho montado nos cobres, cabra mais velho do que ela, a cabrita; um encosto-desgosto-coisa ruim, o celerado. Ela vivia infeliz na cuia do véio gago, vivia em aflição na mão do véio doido. Uma noite, ela sonhou com um negro vestido de branco, que disse para ela: – ocê saia, ocê volte, ocê vá, veja e volte, ajude quem sofre mais do que ocê, e tua dor terá fim. A partir desse sonho, Maria passou a sair todas as noites, na sombra do ocultar-se, para visitar as quebradas mais pobres da cidade.

Levava cestos de comida, distribuía frutas, legumes, verduras, brincava com os meninos, conversava com os velhos, dava conselhos, se alguém lhe pedia. E voltava para a casa do ogro oco, do tonho medonho, do escorpião. Numa dessas saídas às escondidas, ela viu um moço moreno, mateiro matuto, olhos dela pousaram nos olhos dele, na miração do mire-veja; pele preta dele queria a pela branca dela, pernas e coxas se olhavam, tetas e dedos se miravam, no sol do contemplar. Eles se viram uma, duas, três vezes, e logo estavam deitados nas palhas. Os dois se amavam na demasia, no extremo do derradeiro, nos fundos do escondido, no lá atrás do lá longe, o senhor saiba; e o véio nada sabia, o cafuçu-que-só-tem-um-dente, o tinhoso-que-solta-pum pela boca.

Eles deitaram nas palhas por duas, três, muitas vezes, até que o moço escuro como a noite e a moça clara como a lua resolveram fugir, para viverem nos amores em outro canto, além do desencanto. No entretanto, o capiroto cornudo, roto rafado corroto, ficou sabendo de tudo, e mandou seus bate-paus perseguirem os amantes

O rapaz, coitado, foi açoitado com rabo de boi, amarrado num tronco, até rasgarem sua carne; Maria, apanhada pelos cabras, foi levada até o covil do ogro, com as roupas já em farrapos; suas vestes eram mulambos, daí vem o nome dela, Maria Mulambo. Ela foi trancada num quarto da casa, para que não fugisse de novo, a desordeira. O véio-que-solta-pum-pelas-orelhas queria voltar a dormir com ela, mas a moça disse que nunca mais deitaria com ele, o ascoso crapuloso, o xucro encardido. Com raiva pelas recusas da moça, o véio ruim mandou seus cabras jogá-la nas águas claras do rio, reino de Oxum, com uma pedra amarrada nos pés. Ela morreu afogada, *a malsinada, e sete dias depois nasceram flores vermelhas perto da margem do rio.*

A moça morta-desmorta virou pomba-gira. Laroyê, Dona Maria Mulambo!

* * *

Joana, minha madrinha, tinha dons de fiandeira, mulher aracnídea. Costurava colchas, toalhas, almofadas, tapetes, redes rendadas e, por sugestão de Bárbara, começou a costurar também turbantes coloridos e vestidos de estilo africano, a partir de fotografias de mulheres nigerianas, angolanas, senegalesas, moçambicanas. Ela comprava tecidos estampados nas barracas de imigrantes africanos na rua Barão de Itapetininga, depois desenhava os modelos e costurava. Ela conseguiu vender algumas peças para as lojas do centro da cidade e Bárbara criou páginas nas redes sociais para mostrar o trabalho da prima aranha tecedeira. Ela costurava roupas de capulana, bogolan, adrinkra, akunitan, adire, akbada, kuba, asa oke, e com as bençãos do Senhor Exu Legbá os pedidos só cresciam; a mulher do boticário agora era uma estilista, criou a marca Logunedé e com o tempo conseguia ganhar a vida com o trabalho de artesã. Ela ficava horas desenhando, cortando panos, bordando, costurando na máquina; comer tatu é bom, mas dá dor nas costas, já dizia meu padrinho, Seu Salustiano; quem não mata o padre, não come abará. Quando a esmola é pouca, o santo entrega metade e os últimos serão os penúltimos, como dizia voinha Nanã. Mas isso são pensamentos de vento, conversa à toa de um preto véio e doido, vamos retomar o fio da história, se não o cego vira curupira. Pois: Bárbara ficou feliz com o sucesso da prima e tentou fazer que ela parasse de remoer o passado, que vivesse no presente, não no-lá-atrás-dos-montes, no covil da capivara. Mas a filha de Dona Jibi-Zizinha, a benzedeira, não tirava da cabeça o mal-feito do meganha e ainda ruminava a sanha da vingança. Ela juntava todo dinheiro que ganhava como costureira para investir no desagravo-revide-escarmento; aquele filho de jumento que esperasse pelo revide, o cabra ruim iria deitar-se em casa de formiga, ele que aguardasse a hora de a onça beber água. Esse era o juramento dela, feito com a boca que a terra há de comer. Quem tem orelhas, que veja, quem tem olhos, que escute, ensinava a pomba-gira Rosa Caveira.

* * *

Rosa Caveira é a mulher-lua-leque-leopardo, a mulher-abismo-mistério-do-assombrar-se. Ela, a estranhada, nasceu no azul--escuro-catarata, rodeada de flores amarelas e vermelhas. Nasceu no cemitério, sim senhor, no cemitério de sua família, lá nos fundos da casa, o senhor acredite ou não acredite, cobra não conversa com mentiroso. Pois então, quem fez o parto da criança enluarada foi sua avó, que já estava morta, com a boca cheia de terra roxa. A velha, encurvada e toda torta, como a menina porca que está atrás da horta, tinha o rosto semelhante ao de uma caveira. Ela benzeu o bebê com sua mão ossuda e o entregou para a mãe, que resolveu chamar a filha de Rosa Caveira. Ela tinha o rosto igual ao da avó e nasceu num jardim do cemitério cheio de rosas, então, seu nome ficou assim-no-tenebroso.

Rosa Caveira tinha seis irmãs, enciumosas, o que uma tinha de falsa, a outra tinha de sonsa, o que uma tinha de irada, a outra tinha de tonta, o que uma tinha de magra, a outra tinha de monga, e não suportavam os mimos dados à mana mais moça, a buceta-flor--esqueleto. Os pais das manas estranhas eram magos que sabiam tudo dos conjuros e ensinaram feitiços à filha mais nova, aquela que dançava com rato e coruja.

Suas irmãs ficaram possessas, elas-as-vesgas, pois para elas nada foi ensinado, apenas para Rosa Caveira, a-moça-com-faces--de-ossos-brancos.

A mana mais velha, aquela que tinha aranhas dentro de si, estudou então os livros de magia negra, para vingar-se, e matou os próprios pais, sem dó nem pão-de-ló.

Quando Rosa Caveira chegou em casa e encontrou os corpos do pai e da mãe atirados no chão da sala, com olhos baços, pernas e braços enroscados, cabeças voltadas para trás, logo viu que eram artes de quem beija o rabo do cu-rasgado. Sua avó, a velha curva, lhe apareceu em sonhos junto com a menina torta que também estava morta e contou que aquilo era ruindade de sua mana-mona-mais--velha, que não perdoava o afeto dado pelos pais à filha mais moça, flor-de-ossos-e-pétalas-de-rosa.

Furiosa como a dama da foice, Rosa Caveira correu atrás da mana-velha-que-não-tinha-um-dente-na-frente e a matou bem matada. As outras, irmãs do medo, logo ficaram amigas da moça--da-lua-enluarada e a trataram com respeito, temerosas de serem mortas também. Agora, o senhor confie, besta é quem crê em promessa de jiboia; que cada bruaca volte ao seu buraco e cada marinheiro retorne ao seu navio, é o que digo.

Rosa Caveira, após a morte dos pais, saiu de casa e viajou pelo mundo, conheceu Egitos, Índias e Brasis, e numa noite clara de outono viu em sonhos um moço bonito, bem-vestido, que usava um anel em forma de caveira. Ela conheceu o rapaz, o João-Jão-Jão Caveira, no dia seguinte, quando fazia compras no mercado, os dois ficaram encantados um pelo outro e logo estavam andando de mãos dadas, como namorados.

O tempo correu feito onça-pintada, feito jaguatirica, feito notícia ruim, e ela aprendeu novas magias com o seu amor-amado, o magro mago manco e gago.

O casamento de Rosa Caveira foi muito comentado por compadres e comadres, conhecidos e desconhecidos, pela Dona Sibá, pela Tia Zoro e pelo Tio Zorinnho.

Após a lua de mel, o casal mudou-se para uma pequena casa amarela e dividia seu tempo entre o trabalho na roça, as lides da casa e as visitas que faziam aos lavradores pobres. Eles conversavam com os pés-rapados, os roceiros amatutados, davam conselhos, falavam no ajuntar-se pela inteireza do correto, pela justeza da retitude, pelo salário pago no dia e pela jornada de trabalho, e essas conversas comunistas chegaram aos ouvidos dos grandes fazendeiros, que exploravam a labuta daquele povo sem clemência ou remissão. O cunhado de Rosa Caveira, advogado dos ricaços, não gostou nada dessa história e mandou matar o irmão, em matação de desaforo; no depois, matou Rosa Caveira, cortou sua cabeça e a ofereceu, em um prato com pétalas de rosas, aos corvos casacudos. Depois de morta, sua alma torta foi oferecida aos espíritos escuros do lá-embaixo, mas ela conseguiu se libertar e ingressou na falange do Senhor Exu Caveira.

Ela virou pomba-gira.

Laroryê!

CAPÍTULO III

Fugido, sumiu na sombra; meteu-se no mato, no escuro, esfumou-se; mutum não sabe dele; nem o fincão, nem o mosco ou a mutuca; sumiu-se como sucuri, num muquifo no buraco do maroto. O senhor não procure, nem queira saber nada sobre o arredio; ele, o bicho ruim igual jiboia; o mulato de rosto cortado, feio como espiga de milho do inferno. Foi-se, no extravio, para os carbonos, além da Ladeira do Ferrão; ninguém sabe dele, nem a menina morta que está no oco da corda. Ficou só a fama da ruindade dele; pense num homem torto, que não faz sinal da cruz, nem ajuda moleque a cruzar a rua; sujeito ruim e roto, que rói o osso do toco; ele, o tosco, ele, o tonto. Nunca ouça sua risada, é o que lhe digo, ou terá sonho medonho com a menina porca que mija atrás da porta; uma risada amarela, áspera. Feioso, ferroso. Há quem o ache bonito, o suarento que saía com vadias às farras. Eu o vi uma vez, no bar do Tiago Alaripe; senti arrepio com o olhar dele, íris de peixeira-catana e aura preta como o fumo do charuto do capeta. Para esses diabolins, você não diz boa tarde, boa noite, nem convida para tomar café com broa de milho; melhor é ficar longe, e se não crê no que falo, vá ver se eu estou na rua Guindaste dos Padres.

Oxe. Saiu fugido, o repulsivo, após o delito; zanzou pelo desvio da insolência; caiu no mundo; e foi se esconder no depois do precipício. Rude, não sabia outro ofício; mãos que tinha, não eram para trabalho; ele sabia apenas usar faca, cano, soco, corrente, o moleque arruaceiro; sabia também beber cachaça, fazer mulher chorar ajoelhada e gato caolho fugir para o telhado da casa. Amigos, tinha só os leviatãs, os bafomés da sua laia; gente que o senhor nunca vai querer encontrar numa esquina. Se vir de longe o abusado, caminhe para outro lado, se topar com o prepotente, vá para casa de um parente, se encontrar o dissoluto, não espere um minuto. Em casa de ladrão, ninguém tem razão, em toca de bandido, se ouve só gemido, quem tem juízo, escuta o meu aviso. E foi assim, no assim sendo, que o desalmado foi para outro lado, ninguém sabe, ninguém viu.

Uns dizem que está preso, não acredito, nem desacredito, só vendo o cabra na jaula do presídio, mas eu não sou curioso, seu moço. Por mim, que ele apodreça no jardim do xilindró, não pago para ver, nem desver. O diabo já comeu muito cu de curioso, já dizia Seu Salustiano, meu padrinho. Quem zela por seu sossego, cuide bem de seu rego, quem gosta de seu olho, ponha a barba de molho. E isso é tudo o que posso lhe dizer do delinquente; nada mais sai de minha boca; o que o senhor por acaso descobrir, é assunto seu, não meu. Vou comer o meu almoço, essa sopa fria de osso, que consegui na fila do açougue, beber o meu marafo, agora pode ir embora, me deixe em paz, já disse mais do que devia. O senhor siga o seu caminho, visite a igreja dourada, a mais linda da Bahia, vá comer acarajé e cocada no Pelourinho, o senhor suma, fazendo o favor. Moço, o senhor insiste, não desiste, não é? Quer arrumar confusão para o meu lado! Por que tantas perguntas sobre o ruinoso? O demente por acaso é seu parente? O senhor lhe deve um dente? Pois sim, faz tempo já essa história, deslembro muita coisa. Então, vamos fazer assim: o senhor me compre um almoço decente lá na barraca da Maria Quitéria, ela sabe do que gosto: arroz, farofa, feijão couve, carnes, compre também um charuto bom, me traga os ebós e contarei o que sei. Depois, o senhor arrepie daqui, no ir-se embora, e nunca mais volte; se disser a alguém o que vou lhe dizer, negarei de olho no olho o disse que não disse. Então, vá comprar o que pedi, depois volte, escute e desapareça nos confins.

Oxe! Pois então, o senhor voltou com o rango; vou comer, tenho fome de lobisomem, mas contarei a saga do malcriado. Nham-nham-nham, nome dele, o senhor sabe, mas nunca diga alto, para espírito ruim não ouvir; nome dele traz desdita, aguaceiro de piolhos, urucubaca de macaca. Nham-nham-nham, Waldomiro

Arcanjo, o puliça, fugiu para São Paulo, disse o Tonhão Cosme, depois da matação da mina-mano; largou a corporação e correu como nego fugido da senzala. Ele tinha pé-de-meia, caraminguá de pequenas extorsões; cobrava imposto de proteção na Baixa da Soronha ou no Buraco da Gia, não sei bem, era cafetão em rua de putaria, juntou uns cobres. Ele só tinha a mãe, Dona Marinalva, que não falava mais com o filho, desde antes do ranho e do antanho; a velha desaprovava a conduta do filho, o desordeiro. Seu pai, morrreu em tiroteio. Então, ele foi só, ele e a sombra dele, para outro estado. Foi morar na favela do Zoião, ou na favela do Buté, ou ainda na favela do Levanta Saia, não lembro direito, mas isso não importa, como diz a menina da horta que está atrás da porca. Ele tinha conhecido seu morando lá, um cabo ou sargento da Polícia Militar, um lazarento, borrão de bosta, chamado Ricardo, Rodrigo ou Rodolfo, alcunhado Zé das Mortes. O bicho ruim era líder de milícia que mandava no lugar. Bonde do Zé das Mortes só tinha saruês, sararás, timbus, micurês, gambás-de-orelhas-pretas e outros mandrakes dos morros, como o Quebra-Ossos, o Mata-Rindo e o Range-Range. Eles dominavam tudo, desde bailes funk até a venda de botijões de gás, o senhor imagine. Se o botijão custava cem reais no mercado, os crapulosos vendiam por trezentos, e ai de quem não aceitasse! Era proibido comprar qualquer coisa fora da favela e nenhum mané podia vender seus trecos na comunidade; um zé-ruela foi lá de moto vender suas coisas e os puliças da milícia quebraram ele todo, para nunca mais voltar lá. Só entrava e saía quem o bando autorizava. Zé das Mortes era muito religioso, vivia orando pela graça do Espírito Santo para as suas maracutaias; proibiu macumbas na comunidade; ninguém podia vestir-se de branco, usar colares de contas, turbantes e até tocar atabaque dentro de casa. Se alguém fizesse isso, era colocado num furgão, tomava uns socos, era levado para fora da biboca e largado no mato.

Bonde do Zé das Mortes cobrava dos comerciantes taxas de proteção, vendia serviços piratas de tevê a cabo e internet e expulsava traficantes que não dividissem os ganhos. O bonde era a lei, ponto. Agora, o senhor entende minhas cautelas, meus desvelos. Quem me contou essas histórias foi uma pretinha amásia do Tiago Alaripe, que viveu no mocó do morro da milícia e espiava a morta atrás da horta. Ela viu coisas do arco da velha, a coitada, coisas de fazer o corcunda levantar da cova, o leproso correr sem muletas e o cego piscar o olho para a mulher mais velha do morcego. Ela saiu da maloca-pardieiro assim que a ocasião fez o ladrão. A tal pretinha, Benedita do Alaripe, a Benê, chamada também de Pétala, vivia com medo; ela temia voltar a encontrar o podrão-pedreira, que deflorava mocinhas da favela com sua chusma de vadios; ele, o trevoso, era o mais malfeitoso, gostava de apagar bitucas de cigarro nos peitos, mãos ou ombros das coitadas e fazer humilhações, o senhor não imagina. Assim que ela pode, saiu fugida do morro, foi-se embora de São Paulo, viveu em Belo Horizonte, Londrina, Curitiba, Fortaleza, até por fim mudar-se de vez para Salvador, onde conheceu Tiago Alaripe, por lá ela ficou, com ele a pretinha casou.

Oxe, mas vamos retomar o fio da história. Waldomiro Arcanjo virou braço direito de Zé das Mortes e passou a usar outro documento de identidade, com novo nome, que não sei, não quero saber e tenho raiva de quem sabe; chamavam ele de Seu Lucifér, assim mesmo, com acento agudo no é, por causa do nome dele de pia, Arcanjo; ele não tinha nada de angelical, de Miguel, Gabriel, Azazel, Uriel, não senhor, parecia que tinha saído do buraco quente de um labirinto do inferno. Quem o conheceu diz que ele tem a tatuagem de uma caveira na mão direita, junto com uma flor e um cano de 38; cara feia dele é cortada, por causa de uma briga de faca; não foi por causa de mulher, nem dívida de jogo ou rinha de galo; o tinhoso cismou com um crioulo, achando que estava rindo dele. Ficou todo ofendido, porque não gosta de ser zoado, e partiu pra cima do capoeira, que riscou a cara dele com a peixeira. Uns dizem que essa foi a única vez que ele se deu mal numa arruaça; e não será a última, não senhor, pois como dizia voinha Nanã, quem com ferro fere, com ferro será fodido. Eu não lhe disse isso, o senhor não escutou e agora pode ir embora, fazendo o favor. Já comi o almoço que o senhor fez o favor de comprar para mim e agradeço. Agora, suma, vá ver se eu estou no Beco Maria da Paz. O que, o senhor quer escutar mais? Que homem curioso! Mas eu aceito tomar um café preto gostoso no boteco da Maria Eduarda, vamos lá e eu lhe contarei mais sobre Joana, minha madrinha.

Pois bem.

Ela, a filha de Dona Jibi-Zizinha, a curandeira, depois de morar uns tempos com a prima, na Avenida Ipiranga, alugou uma pequena casa no bairro do Vila Mariana, onde montou o seu estúdio de moda. A mulher do boticário, que teve infância pobre e já comeu arrroz com banana, começou a ficar conhecida. Ela criava modelos, cortava os tecidos africanos, costurava, como aranha fiandeira, e vendia seus vestidos em algumas lojas no centro da cidade. Suas roupas chamavam a atenção pelos tecidos em cores vivas, roxo, amarelo, vermelho, pelas estampas, pelos cortes que deixavam as pernas das moças à vista e ainda pela combinação dos acessórios, sandálias, turbantes e bolsinhas que combinavam com as roupas. Eu nada sei de moda, não senhor; li isso numa revista, que achei por acaso na rua, junto a latas de lixo, onde às vezes encontro o de comer. Se eu gosto de ler? Sim e muito, o senhor se admira, só porque moro na rua? Eu não sou filho de curupira com currupaco, não senhor. Estudei em colégio de padre, viajei, montei loja, fiz fortuna no comércio, empobreci; e sempre tive gosto em ler e escrever. Como fiquei nessa situação? Não é de sua conta, ora! Outro dia talvez conte a minha história. Ou não. Agora, estou falando sobre a minha madrinha, então, não desvie o assunto, faça o favor. Sim, Joana e sua marca Logunedé faziam sucesso e logo ela foi convidada a apresentar suas criações num desfile de moda, veja só: a mulher do boticário, estilista! São vortas que o mundo dá, como cantava o violeiro Seu Osvaldo em Feira de Santana. Desfile aconteceu num shopping center em São Paulo. Madrinha escolheu moças brancas, negras, índias e japonesas para desfilarem, mas todas elas usariam, no lugar da máscara de pano, para prevenção do covid, máscaras de ferro, como aquelas usadas no tempo da escravidão, para impedir que os negros comessem ou bebessem durante o trabalho; também evitava que, com saudades da África, ingerissem terra e ficassem doentes, causando prejuízo.

Anastácia, a escrava, o senhor já ouviu falar dela, a curandeira? A filha de Yewá tratava as doenças dos negros com o axé de suas mãos, a feiticeira. Dizem as pretas velhas, Maria Conga, Maria Redonda, Maria Cabinda e outras avós que ela foi negrinha linda, princesa congolesa, e chamou a atenção do senhor de engenho, que desejava deitar com ela; a moça da senzala recusou os abusos do branco e, como castigo, foi espancada pelos bate-paus; além disso, foi obrigada a usar a máscara de ferro por toda a sua vida, só retirando-a para fazer as refeições. E apanhava sempre, antes de comer. Ela viveu poucos anos nessa triste condição e, depois de morta, já egum rainha, continuou a ajudar os doentes, pergunte a Maria Quitéria, que foi curada de sarampo por graça dela, a santa-da-máscara-de-flandres. Pois então, as modelos da Logunedé desfilaram com esse adereço, que era também um protesto contra a censura e a ditadura que o capitão-de-manicômio queria impor ao Brasil. Minha madrinha era comunista? Não, senhor, ela nem sabia direito dessas coisas, não gostava, achava tudo muito confuso. Só não achava certo pessoas fazerem fila em porta de açougue para comprarem pescoço de galinha e osso de boi, porque não podiam comprar filé ou peito de frango; ou revirarem sacos em caminhão de lixo, em busca de restos de comida, enquanto o Filho do Coiso viajava para o Dubai e tirava foto vestido de príncipe árabe para publicar no Instagram; não achava certo a polícia matar jovens negros e pobres, todos os dias, nos buracos do fim do mundo.

E a pandemia, oh meu Jesus-Buda-Krishna-Oxalá... que era essa doideira? O povo morrendo e o Coiso juntando seus boçais para passearem de moto... Não estava certo, não... nem a censura que ele estava tentando impor no Brasil... então, Joana fez da arte o seu protesto, não com palavras, mas com cores e música: no final do desfile, houve apresentação de músicos que tocaram instrumentos africanos como o djembe, agogô, batá, korá, caxixi, kalimba, xequerê e outros mais. No final de tudo, um grupo cubano de dança apresentou uma coreografia sobre os amores de Xangô e Iansã, com toques de tambor e orikis cantados em iorubá. Foi coisa mais linda de se ver, disse o Tiago Alaripe, que estava em São Paulo com a mina dele e assistiu ao desfile da tia tecedeira.

No depois de tudo isso, contou a ela sobre o morrimento de Seu Fausto, que virou alma penada. Ela ficou sabendo do incêndio na Casa das Encantadas, da loucura do boticário, seus pesadelos, o matar-se no oco da forca e não disse nada; não chorou, nem lamentou, não disse palavra, despediu-se do sobrinho, filho da irmã mais nova, a Jussara, dita Jussara Suçuarana, e saiu-se no ir-me-embora-já-fui-já-me-vou. No caminho, um repórter de um jornal português quis falar com ela sobre o desfiile, as máscaras, danças, músicas e o axé de Oxum naqueles vestidos que voavam em curvas nos corpos das modelos como as águas da cachoeira, as águas do rio que desembocam no mar. Madrinha contou a ele sua história, romanceiro; a infância pobre no Bairro da Paz, em Salvador, o casamento precoce, arranjado pelos pais, quando ela tinha quinze anos, a vida sofrida com Seu Fausto, as lides na botica, a morte do irmão que virou anja.

O jornalista português perguntou se ela desconfiava de quem fez essa barbaridade, se a moça tinha afetos, desafetos, desamores. Alguém capaz de fazer essa judiação. Sim, a madrinha Obá-Menina respondeu, minha mana, meu mano morava com um cara da polícia chamado Seu Waldomiro, que dava surras nela, acusava a pobre de sair com outro e ameaçou matá-la, sim senhor. Isso, madrinha mentiu, não podia saber, mas disse assim mesmo, para provocar o matador de anjas e, quem sabe, estimular investigação. Ela imaginou que o dito-cujo-sujo-de-bosta, se ficassse sabendo do dito-não--dito, lendo por acaso um jornal, ficaria furioso e iria procurá-la, para intimidação. Aí, pronto, ela encontraria o pulha, reles, canalha. Aposta de risco, né? Agora, a guerra estava declarada.

Jornais brasileiros reproduziram o caso da jovem ninfa--pomba-gira-tennin, morta por um puliça com trinta balas de .38. Quem era o tamancudo terrulento que fez isso? A agência de notícias Ogum Alagbedê se interessou pelo caso e publicou em seu site tudo o que se sabia, até então, sobre a história da moça, inclusive fotos da jovem defunta, toda vestida de branco, com colares azuis e sandálias prateadas, levando rosas brancas para a festa de Iemanjá no Rio Vermelho. Ela estava linda, tão nova, tão lua nova, lílite-ishtar-astarteia. Em outra foto, ela usava vestido preto e vermelho, dançava descalça e segurava um charuto, vestida de pomba-gira Maria Navalha. Em outra, Talita aparecia em roupas amarelo-douradas, com espelho em formato de leque e coroa de contas cobrindo seu rosto, filha de Oxum dançando o ijexá, mulher-cachoeira, mulher-lagoa, mulher-curva-do-rio.

Agora, seu corpo bonito, de seios pontudos, virado em cinzas de medo e tristeza, estava misturado às águas de Janaína, senhora do mar.

E o criminoso, impune.

Logo o site da agência Ogum Alagbedê, que relatava abusos aos direitos humanos no Brasil, publicou também vídeos de entrevistas com pessoas que conhecram Talita: travestis que trabalharam com ela em boates e zonas de meretrício, pesquisadores de crimes de ódio, homofobia, feminicídio, deputados e líderes religiosos, que comentavam a cultura de morte que se espalhava no país. Vizinhos de Talita deram entrevistas, com os rostos cobertos e falaram dos gritos e ruídos que ouviam da casa em que ela viveu com o meganha em Sussuarana. Às vezes, a gritaria durava noites seguidas, assim como os gritos, palavrões, ruídos de pancadas. Ninguém se atrevia a chamar a polícia naquele fim de mundo, já que o hómi de Talita era meganha; ninguém queria mais problemas, em bairrro de tiroteios, e tinham receio do cabra violento. Agora, porém, sob anonimato, aquelas pessoas simples falaram o que sabiam e já era posssível fazer retrato falado do suspeito. Tudo isso graças a minha madrinha, mulher que não tem medo de nada, pois nunca andava **só**. Todas as pombas-giras da Casa das Encantadas estavam com ela.

Bárbara, a prima de minha madrinha, sentiu muito orgulho de Joana. Pense nessas duas mulheres fortes, como troncos de árvore, chuva de outono, raios azuis riscando o céu. Fortes também são o trovão, a pedra-de-raio, a justiça de Xangô, orixá com o machado de duplo gume, alafim de Oió e de Kossô. E assim são os filhos dele, como Jerônimo, moleque-trovoada, corisco-na-pedreira. Ele é advogado, doutor de anel no dedo, mas preferiu defender, em vez dos ricos, os trabalhadores sem-teto que moravam num casarão abandonado no centro velho da cidade. Jerônimo, o animoso, quis conversar com a polícia, quando houve a desocupação, autorizada pela justiça; ele tentou apresentar argumentos, conforme a lei, mas foi autuado por desacato às autoridades e espancado ali mesmo, na Ocupação Carlos Marighella; levou coronhada sem motivo e foi arrastado com o rosto sangrando para o diabo de uma cadeia. Ele, o amado da menina-ventania, filha de Oyá. Bárbara, o senhor sabe, é a mulher que não chora, calada; ela convoca tempestades.

A menina-dandara-filha-de-Iansã foi convidada parar atuar numa peça musical na Praça Roosevelt, que contava a história da revolta dos negros malês, com cantos e danças; já na estreia, a moça-sem-medo leu um manifesto assinado por centenas de artistas brasileiros e estrangeiros contra a violência, o racismo, o machismo, a censura e outras chagas desse nosso país desventurado. O texto lido por ela exigia a libertação de Jerônimo e de todos os presos políticos do país. Porém, havia na plateia membros de um grupo fascista, chamado OS PATRIOTAS, que gritaram ofensas aos artistas, jogaram garrafas de plástico, frutas podres e até fezes no palco e começaram o quebra-quebra. Agrediram os atores, músicos, dançarinas, depredaram o teatro e picharam suásticas nas paredes do teatro, em fúria de satanazins, o senhor acredite, horror-oh-tristeza.

No depois do inferno, ainda tem brasa quente. Os estudantes da Faculdade de Direito do Largo de São Francisco fizeram acampamento de vigília, num parque próximo ao presídio onde Jerônimo estava preso. Eles ficaram acampados lá durante três meses, conversavam com as pessoas na rua sobre aquela injustiça, apresentavam pequenas peças, números musicais, gritavam o nome de Jerônimo bem alto, todos os dias, pela manhã, para que ninguém se esquecesse dele, o gigante negro-vermelho; até que por fim soltaram o o menino-corisco-trovoada, devolvido à liberdade, aos braços da filha-de-Oyá. Bárbara recebeu o amado em casa, eles beberam cerveja preta, comeram quiabo cortado, com cebola ralada, azeite de dendê e pó de camarão, especialidade da menina-ventania, para agradar o seu amado, e fizeram amor como se fosse pela primeira vez, em noite enluarada, de lua-branca-de-são-jorge-em-céu-de-breu-negrume. Depois, contaram um ao outro o que viveram nesse tempo de distância e espera. Foram longos dias de repouso, de retorno à paz de espírito, de reconciliação com a vida, o mundo.

Depois, revigorado, Jorge retomou seu trabalho no escritório de advocacia, no Largo de São Bento, voltou a caminhar de mãos dadas com Bárbara na Praça Roosevelt, a frequentar os bares e teatros que eles tanto gostavam. Uma noite, perguntou a seu amor-amorzinho sobre a história triste da prima Joana, minha madrinha; quis saber tudo sobre o caso. Revoltado com a matação do menino-menina-preta, com a impunidade do zé-bosta-lazarento, resolveu assumir o caso, com as bênçãos de Obatalá. Joana, agora você tem advogado. Por onde começamos?

CAPÍTULO IV

Contam as nossas avós, e as mães dos rios antes delas, e as mães das chuvas antes ainda, que Orunmilá, o adivinho, desejava muito ter um filho e adotou um menino de rua, que encontrou na porta do palácio de Oxalá-Obatalá-Oxalufã. São muitas as luas, os rios e os homens; os destinos também são incalculáveis. O menino, chamado Elegbará, era irrequieto e glutão como um porco do mato; sua fome era insaciável. Um dia, foi ao quintal da casa de seu pai e comeu todas as aves e animais de quatro patas, depois foi à cozinha e comeu tudo o que encontrou ali, inhames, farofas, frutas, potes de mel, pimentas, nozes, bebeu todos os potes de água e garrafas de vinho, aguardente, até de azeite de palma, mas nunca ficava satisfeito. Sua mãe não sabia mais o que oferecer para saciar a fome do filho, e o infame devorou a própria mãe. Quando Orunmilá chegou em casa e percebeu o ocorrrido, ficou furioso: sacou a espada e correu atrás do delinquente, para matá-lo. Sempre que acertava um golpe no esfomeado, porém, e cortava uma parte dele, essa parte se transformava em outro Elegbará. Assim, foi cortado em cinco partes, depois em dez, vinte, quarenta, duzentos e cinquenta, e cada parte cortada virou um outro Elegbará, cópia idêntica do garoto maroto. Todos eles tinham a mesma aparência, o cabelo pontudo em forma de caralho, a cor avermelhada, e cada um ria, ria e corria para um lado diferente, confundindo o juízo de Orunmilá. E assim prosseguiu a perseguição, até as nove esferas do orum, e quando Orunmilá finalmente encurralou o moleque fumador de charuto, resolveram fazer um acordo: Elegbará devolveria tudo o que comera, inclusive a mãe, e em troca ele seria saudado sempre em primeiro lugar, nas cerimônias, antes dos outros orixás. E comeria sempre as oferendas antes dos outros. Elegbará também passou a ajudar Orunmilá em seu trabalho com o jogo do ifá, como mensageiro entre os orixás e os seres humanos. Elegbará é um dos nomes de Exu, o atrevido, o malcriado, aquele que carrega o porrete; dele surgiram outros Exus, incontáveis como as minhocas e as estrelas, para guiarem os destinos dos seres humanos.

Esta é a história contada por nossas avós, e as mães dos rios antes delas, e as mães das chuvas antes ainda.

Laroyê!

* * *

Joana, minha madrinha, já contei ao senhor, era mulher modesta; bonita, para a idade – tinha mais de 40, menos de 50 anos – e vestia-se sempre com recato, roupas sóbrias, cores discretas, sapatos simples; nunca usava maquiagem, aneis, brincos ou pulseiras, como se fosse freira. Ela não bebia, nem fumava; falava palavras breves, comedidas, às vezes duras, quase não ria, evitava namoros e só queria continuar o seu trabalho, fazer economias, tocar a vida, encontrar o crapuloso e vingar sua mana-meu-mano. Não tinha outro objetivo, não senhor. Joana era mulher amarga, que por muitos anos viveu por viver, no ir e vir do rio, no já-fui-estou-indo-já-vou. Como quem não sente o cheiro de flor nenhuma, baba-de-sapo, cabeça-de-velho, jurema preta, jurema branca, jitirana, maracujá-do-mato e todas as outras flores. Como quem desconhece o sabor das frutas, cajarana, graviola, cupuaçu, carambola, maracujá, macadâmia e todas as outras frutas. Como quem tem olhos e mãos, mas não soubesse o que estava vendo e fazendo; como se o violeta, o amarelo, o azul e o vermelho fossem uma só cor. Ela tinha gosto em tomar o seu café preto, bem forte e sem açúcar, de manhã; ou costurar durante horas no seu estúdio; e sair algumas vezes, na hora do almoço, para sentar-se na praça ou para rezar no banco da igreja, esta era a sua rotina. Também gostava de preparar o almoço, quando recebia visitas de Bárbaro e Jerônimo – aí, ela caprichava nas receitas, fazia acarajé, abará, caruru, maniçoba, mugunzá, xinxim de galinha. Ela sempre os recebia com as roupas de ficar em casa, os vestidos largos, desbotados, as chinelas gastas, espectro de si.

Bárbara dizia:

– Você não pode estar sempre de luto, Joana, afaste uma pouco essa raiva, essa tristeza, essas lágrimas escuras, que chovem por dentro... se você quer lutar com o ruinoso, levante a cabeça! Vista algo mais moderno, um vestido lápis-marinho, um conjunto regata verde-claro, um blazer azul-escuro, você é estilista, prima, não pode parecer mendiga! Coloque um pouco de pó na face, mude esses óculos medonhos, com aros de tartaruga, use uma pulseira de ouro, mostre a todos o seu brilho de Oxum, escondido lá nos fundos do escondido, nas matas do lá-dentro!

Joana aceitou com desprazer as sugestões da prima; foram a um shopping, e Bárbara fez que ela comprasse um guarda-roupa novo, vestidos, saias, blusas, sandálias, sapatos, bolsa, e comprou para ela, sem a prima ver, lingeries e roupas íntimas. Depois, foram a um salão, para a madrinha mudar o corte de cabelo, fazer as mãos e os pés. As duas saíram de lá aos risos, como duas crianças.

– Você precisa agora é arranjar namorado!, dissse Bárbara para a prima.

– Deus me livre!, respondeu Joana. Não preciso de macho, não! Eu me viro muito bem sozinha. Preparo a minha comida, pago todas as contas, faço aquilo que quero, sem nenhum estrupício no meu caminho. Vou seguir a minha vida, como Obá!

– Você não sente falta de cheiro de homem, prima? De sentir sua pele na dele? De dormir junto, feito conchinha? Eu não me refiro ao Seu Fausto da farmácia, mas...

– Fica quieta, prima, você não sabe de nada!

E as duas foram para o estacionamento, entraram no carro de Bárbara e foram almoçar num restaurante japonês no bairro da Liberdade, onde encontraram Jerônimo. Pediram porções de temaki, hot roll, huramaki e sushis de pepino, salmão e atum. Minha madrinha não estava acostumada com essas comidas chiques; ela estranhou, só conhecia os pratos que aprendeu a fazer com Dona Jibi, a benzedeira, mas ficou satisfeita com o peixe grelhado com arrroz e legumes. Não quis beber saquê, não tomava bebida alcoólica, porque isso a fazia lembrar de Fausto, que sempre ficava doido quando bebia. Durante o almoço, conversaram; assuntos de primas, trololó de lero-lero, depois Jerônimo quis saber mais sobre Talita Totonho; para poder ajudar, ele precisava conhecer a história toda.

Madrinha contou o pouco que sabia; um nome, uma cidade e aquilo que ouviu nas conversas com as putas, bruacas e travecos de Salvador; e ainda o que soube pelos vídeos publicados no site da agência Ogum Alagbedê. Vizinhos dela ouviram gritos e ruídos das agressões de Waldomiro Arcanjo, chamado agora Seu Lucifér, com acento agudo no é, mas prova, não havia nenhuma; nem havia registro da matação, nos arquivos da polícia de Salvador, segundo disse o primo Tonhão Cosme, como se não tivesse acontecido nada. Morte não-morrida que ninguém viu, ninguém ouviu. Com apenas o só-isso, impossível até fazer boletim de ocorrência, muito menos entrar com processo na justiça. Talita Totonho entrou no reino dos invisíveis; mulheres, pretas e putas são invisíveis; meninos e homens pretos são invisíveis; pobres, sapatas e travecos são invisíveis, inumanos no reino dos humanos, meu mano. Joana, porém, não desistia; ela ia encontrar o maroto, nem que fosse na casa do capiroto; ia encontrar o lazarento, nem que fossse na casa do jumento; isso não ficaria assim, no dito pelo não dito, no feito pelo não feito, o verme receberia seu castigo e o diabo comeria o seu cu no jazigo, é o que digo. Quem vai embora, não embolora, escreveu um poeta preto polaco, então os três sairam do restaurante japonês e foram passear na Liberdade. Numa loja de presentes, viram quimonos coloridos, bules de chá, taças quadradas de saquê, pequenos pratos de cerâmica, estatuetas de Kanon, a buda da compaixão, com os seus muitos braços e mãos, estojos de laca vermelha, rolos de tecido estampado com desenhos de tigres e montanhas, móveis em madeira entalhada, mangás, livros escritos em japonês e algo que chamou a atenção de Joana. Ela comprou a faca de aço, às escondidas, guardou na bolsa e foi comer pastel na praça com Bárbara e Jerônimo, antes de voltar para casa, no ó-do-coió-feliz.

* * *

Seu Exu Veludo, aquele-que-usa-turbante; ele-o-marroquino; ele-o-muçulmi- muçurumim, o unhudo; aquele-que-sabe-e-não--conta-o-segredo; ouça sua voz tão suave. O feiticeiro é elegante, o troncudo; usa tecidos finos do Oriente, veste-se de preto, de vermelho, ouça sua risada. Aquele que passeia no cemitério, o cabeludo; que gosta de beber uísque no gargalo e fumar charutos; veste-se de preto, de vermelho, o barrigudo, ouça sua risada. Ele sabe todos os feitiços, o sanhudo: ensina cobra a cantar; cura a gagueira do cego e desfaz mau-olhado de sogra; veste-se de preto, de vermelho, o orelhudo, ele-o-feiticeiro, ri, ri e ri, ouça sua risada. Ele, o glutão; ele, o esfomeado; ele, o lambe-pratos; come amendoim misturado a carne de rês, o negro peludo; ouça a sua risada. O travesso recebe presentes à beira da água doce; o desbocado recebe presentes à beira da água salgada; veste-se de preto, de vermelho, o cabeçudo, ouça sua risada. Ele obedece apenas a Ogum Megê, Ogunhê. Nunca o desafie, não senhor; ele sabe todos os feitiços, é forte no lado direito da margem do rio, é forte em relação ao por do sol, o cascudo. Ele é cigano? É feiticeiro; veste-se de preto, de vermelho,o caralhudo, ouça sua risada. Ele não tolera injustiça, mas também não aceita vingança. Exu Veludo: meu amigo, meu enigma. Comigo ninguém pode, mas eu posso com tudo. Na minha encruzilhada, eu sou Exú Veludo. Anarauê, Anarauâ, eu me chamo Exú Veludo.

Laroyê, seu Exu Veludo!

* * *

Madrinha agora se vestia com apuro. Gostava de vestidos azul-marinho, sapatos de salto alto, óculos escuros, bolsas finas;

era estilista e empresária de sua casa de moda, a Logunedé, e precisava se apresentar de maneira adequada. Bárbara convenceu a prima a estudar inglês, ensinou-a a usar um notebook e dava dicas sobre maquiagem. Joana não era velha nem feia, não estava viva, nem morta; ela não se sentia viva, mas entorpecida. Você precisa cuidar de si mesma, dizia Bárbara, agora que está livre daquele otário do boticário. As duas batiam pernas no centro da cidade, iam a cafés, bares, restaurantes, que voltaram a abrir aos poucos, no segundo ano da pandemia. Conversavam sobre tudo, sobre a morte da bezerra e a menina porca que está atrás da morta, mas nada tirava a ideia fixa de minha madrinha. Ela sentia falta da Casa das Encantadas, de Dona Zica de Oxaguiã, dos conselhos das pombas-giras, dos passes e banhos de ervas. Bárbara resolveu levá-la então ao Templo de Umbanda Oxum Apará, na Barra Funda, onde ela poderia receber alguma luz que iluminasse a sua grande escuridão. Ela se sentia como um poço infinito, sabe? O interior de uma casca de noz. Um imenso céu escuro, como betume ou tinta nanquim. Nada a deixava feliz; a carreira profissional era apenas um caminho para ela realizar o seu justo acerto de contas. À noite, ela se deitava sozinha na cama e chorava baixinho, conforme contou depois para a Maria Quitéria. O senhor pense numa mulher que é flor por dentro e pedra por fora; alguém que caminha em casa, sozinha, ou na rua, ou em qualquer parte, como se não pisasse no chão; como se de repente fosse voar. Ela mal respirava, tinha ataques de asma; às vezes, quase perdia o equilíbrio, como se caminhasse em um fio de arame; ela olhava e não via, escutava e não ouvia, falava como se estivesse em silêncio. Prima dela levou-a então para o Templo de Umbanda Oxum Apará, para que ela recebesse conselho; e insistiu para que ela também procurasse ajuda de psicólogo, tomasse florais, praticasse yoga, enfim, cuidasse mais da cabeça perturbada.

Joana entrou na casa de axé do Pai Jorge de Ogum e esperou para ser atendida. Soaram os atabaques, cambonos defumaram o barracão, entoaram os cantos de abertura, depois, com o babalaô, ficaram de mãos dadas em círculo, rezaram Ave-Maria, rezaram Pai Nosso, depois cantaram os pontos para chamar os orixás:

Como é lindo o canto de Iemanjá!
Faz até o pescador chorar
Quem escuta a Mãe d'água cantar
Vai com ela pro fundo do mar!

Eh, Iemanjá! Eh, Iemanjá!
Rainha das ondas, sereia do mar!

* * * *

Um lindo manto lá no céu apareceu,
com quatro anjos em cada a ponta a segurar..
Mas era o manto de Mamãe Oxum ai-iê-iê-ô
Que vem salvar os filhos seus, ai-iê-iê-ô!

* * * *

Ogum em seu cavalo corre
E a sua espada reluz
Ogum em seu cavalo corre
E a sua espada reluz
Ogum, Ogum Megê
Sua bandeira cobre os filhos de Jesus
Ogunhê

Joana, minha madrinha, filha de Obá, a guerreira, foi recebida por uma médium, Cabocla Juruena, vestida de branco, com cocar e contas coloridas, que perguntou que mal a perturbava. Ela relatou o seu triste fado; os abusos do marido, a morte da irmã, o oco do negrume que sentia nos dentros, como um oceano escuro; aquele vazio triste, aquela morte viva que sentia em tudo o que fazia. A cabocla ouviu e não falou quase nada; depois, disse a ela que acendesse vela para Oxalá, o orixá vestido de branco, o orixá dançarino vestido de branco, o orixá que canta e dança vestido de branco; pediu a ela que tomasse banho de ervas por três dias e limpasse a cabeça das ideias que machucam.

– Afaste toda essa sujeira e veja a luz riscante-faiscante no lá-dentro-de-si-mesma, tudo é riocorrente, como as ondas do mar e as fases da lua, tudo é rutilância e trovão, disse a cabocla vestida de branco, que dançava e cantava fumando charuto.

Joana saiu da casa de axé amuada, mas voltou na outra semana, quando teve gira de esquerda, e conversou com Seu Exu Veludo, vestido de negro e vermelho. Ele ouviu as mesmas ladainhas da madrinha, mas disse-lhe algo diferente: alguém próximo a ela daria uma notícia que mudaria tudo, como um relâmpago atrás da mata. Porque, nesse mundo-desmundo, tudo é miragem-viração, escamas de camaleão, logo a zifia saberia o que tanto queria; porém, isso também traria muito desgosto. Quem procura cabrito, pode achar o tatu ou o porco-do-mato; quem procura inhambu, pode achar o corvo de três asas.

Madrinha saiu de lá feliz, nem prestou atenção no aviso final que lhe deu Exu Veludo. Ela esperou pela novidade por uma, duas, três semanas, e nada aconteceu. Coisas que Exu diz não acontecem quando a gente quer, não senhor, mas quando elas têm de acontecer; tudo está escrito, diz o livro do cristão, e até o número das estrelas no céu está contado. Quem é apressado, não enxerga a lua nova do outro lado, dizia voinha Nanã. Joana ficou irritada, concentrou-se em seus modelos de vestidos afrobrasileiros, multiculturais, trabalhando quase o tempo todo. Nisso, Tiago Alaripe e Pétala, agora casada com o dono do boteco, voltaram para São Paulo, num feriado prolongado, e Bárbara resolveu convidá-los para jantar. Eram poucos os parentes que ainda conversavam com minha madrinha maluquinha, talvez isso pudesse alegrá-la um pouco.

O jantar aconteceu num sábado, lá no apartamento da Avenida Ipiranga. Bárbara, que parou de comer carne de bicho com asas, escamas ou pelos, fez feijoada vegana, bolo de chocolate sem ovos, comprou cerveja artesanal de trigo e todos comeram e beberam, até a hora em que a coruja diz boa noite, boa noite para a menina torta que está atrás da morta. Joana gostou de Pétala, elas logo ficaram amigas e combinaram de tomar um café no Largo de São Bento, durante a semana, para continuarem a prosa das pretas.

* * *

Exu Tiriri é o senhor de todos os caminhos. Ele-o-que-sabe-todas-as-línguas, de homem, mulher, planta, peixe, inseto e bicho. Ele-o-que-ilumina-todas-as-almas, de homem, mulher, planta, peixe, inseto e bicho. O senhor da força é tão belo, vamos saudá-lo! O senhor da beleza é tão forte, vamos saudá-lo! Ele está de pé na entrada sobre os gonzos da porta. Ele possui uma faca pontuda. Ele está de pé na entrada sobre os gonzos da porta. Ele só diz a palavra verdadeira, que nasce do coração. Ele acorda e varre os pedaços de sua cabaça quebrada. Ele é o Exu que está no alto da montanha. Sabido, conhece todos os livros de magia, o grande feiticeiro. É o mensageiro de Xapanã, o orixá das palhas, o médico dos pobres, que cura todas as doenças, do corpo, da mente e do espírito. Ele seduz o macho, ele seduz a fêmea e os conduz pelo caminho de luz até o reino de Olodumare. Exu do fogo é o senhor das maravilhas. Nós pedimos licença para louvá-lo.

Laroyê, Seu Exu Tiriri!

Num domingo-pé-de-cachimbo, Joana encontrou-se com Pétala numa padaria portuguesa no centro da cidade. Tomaram café com pastel-de-nata, queijada e toucinho-do-céu, depois foram à igreja de São Bento, ouvir cantos gregorianos, e caminharam de volta ao metrô, como duas hermanas-minhas-manas. Ao longo da manhã, conversaram de tudo um pouco; da loucura e morte de Seu Fausto da farmácia; do incêndio na Casa das Encantadas; da lua de mel de Pétala e Tiago Alaripe na Espanha, onde eles visitaram a Sagrada Família de Gaudi; da viagem de Joana a São Paulo e do sucesso de sua casa de moda; de suas conversas com os Exus, na casa de axé; e muitas outras coisas. Pétala convidou sua amiga para uma festa de Exu Tiriri, numa outra casa de axé, na Zona Norte da cidade, dirigida por pai Armando de Xangô. A festa acontecia todos os anos na forma de uma procissão: após a cerimônia no templo, que só acabava de madrugada, as pessoas saíam à rua vestidas de Exus e Pombas-Giras, coisa mais bonita de se ver. Os homens usavam capas pretas, camisas vermelhas, uns usavam cartola, bengala, foice ou tridente, e as moças vestiam roupas muito curtas, algumas ficavam com os seios nus, ou usavam saias rodadas, chapéu na cabeça e andavam descalças; todos fumavam charutos e bebiam muita cachaça, em homenagem a Seu Exu Tiriri. Joana nunca viu algo assim e respondeu que sim, e as duas amigas combinaram de se encontrar, na noite da festa, no hotel onde Tiago Alaripe e Pétala estavam hospedados, para se vestirem de maneira adequada para a festa e a procissão. Minha madrinha nunca pensou que um dia faria uma loucura dessas e não soube, nem quis, resistir, nem explicar. Na noite combinada, as duas manas vestiram os trajes para o desfile: Pétala comprou um traje cigano, lenço de cabeça e adereços numa loja de umbanda e se vestiu como a Pomba-Gira Sete Saias, aquela-que-tem-sete-maridos, aquela que tem sete baralhos; Joana vestiu saia branca com abertura para mostrar as pernas, blusinha curta vermelha, chapéu branco com fita vermelha, passou batom vermelho na boca e saiu descalça, como a Pomba-Gira Maria Navalha.

As duas chegaram no terreiro no início da noite, cantaram e dançaram até de madrugada, ao som dos cantos e dos atabaques, depois seguiram em procissão. No meio do trajeto, já meio bêbada de aguardente – minha madrinha não costumava beber álcool, o senhor deve se lembrar –, ela foi abordada por um mulato vestido de Seu Zé Pelintra, que fez xaveco na viúva do boticário. O senhor acredite, ou talvez não acredite, mas ela foi na onda do juremeiro, sorriu para ele, dançaram juntos na calçada e no final ela deu um beijo na boca do xavequeiro, ela-a-atrevida, ela-a-recatada. Essa é a minha madrinha? Até hoje tenho dúvidas sobre essa história, que Pétala contou a Bárbara; Joana-a-Mulher-Séria bebendo cachaça com roupas de puta, dançando na rua com malandro e depois dando beijo na boca, assim-nos-ohs-dos-amassos? Creio, descreio? Não sei, meu senhor, e nunca vou saber, mas ainda tenho muito para lhe contar. Eles ficaram assim até o despertar da manhã, e o sol trouxe consigo uma chuva leve paulistana. É como o povo diz, sol e chuva, casamento de viúva. Já com os olhos quase fechados, e o sono que nasce da pálpebra do lagarto, minha madrinha entrou no carro de Pétala e as duas voltaram para casa, bêbadas, dirigindo na estrada vazia, pelo horário da viagem. Com a cabeça caída sobre os ombros, ela disse para a amiga: – Joana morreu, meu nome agora é Dandara.

* * *

Seu Exu Caveira, aquele-que-bebe-azeite-de-dendê, é um velho muito velho, que mora no reino de Omulu, o senhor-das-palhas, aquele-que-dança-vestido-de-palha, aquele-que-canta-vestido-de--palha. Nasceu muitas vezes, o truão do trovão; já foi pajé, xamã, padre, mago e feiticeiro, entre muitas outras coisas. Ele, o brincalhão, que nunca mete os pés pelas mãos, já foi queimado vivo, como herege, foi escravo e dono de escravos. Ele sempre se veste de preto, usa uma capa preta e uma cartola preta; usa um tridente, uma foice, um escudo ou uma espada, conforme o trabalho que irá realizar. Seu rosto é o de uma caveira. Guardião dos cemitérios, ele é quem ajuda as almas a irem para o outro mundo, purificando as impurezas e cuidando de sua evolução espiritual. Seu Exu Caveira já foi soldado e gosta de ensinar táticas para vencermos os inimigos. Se você precisa de dinheiro, peça a Exu Caveira; se deseja homem ou mulher, peça a Exu Caveira; mas a tarefa maior dele é em relação àqueles que estão indo, já se foram, voltarão. Ele nunca anda só: em sua falange estão o o Exu José Caveira, o Exu Caveirinha, a Pomba-Gira Rosa Caveira, o Carangola, o Arranca-Toco, a Pomba-Gira Rainha do Cemitério e a Maria da Gargalhada.

Laroyê, Seu Exu Caveira!

Dandara, minha madrinha. Este agora é o nome dela. Mulher forte como tronco de pinheiro. Mulher bela como flor de ameixeira. O senhor ficaria espantado se a visse. A modista da Casa Logunedé agora se vestia com saias pretas, sandálias pretas, ou sapatos de salto alto; blusas de cor platinada, joias de prata e ametista, os cabelos longos soltos em cima dos ombros, uma tiara no alto da cabeça. Bebia agora champanhe, vinho branco, fumava cigarrilhas de canela, como se fosse outra pessoa; como se fosse ela mesma, libertada do casulo, no voo-além-do-galho-e-da-flor. A boca sempre pintada de vermelho. E um olhar forte, vivo, sanguíneo. Ela e Bárbara organizavam um novo desfile de moda, agora nas escadarias internas do Theatro Municipal de São Paulo, com as últimas criações de Dandara, que misturavam os tecidos africanos a adereços indígenas e um toque oriental, meio japonês, meio indiano; era outro conceito que ela criou, menos africano, mais multicultural.

As modelos eram todas mulheres, brancas, negras, índias, orientais, incluindo mulheres trans, queers e gordinhas de tetas grandes, como nas pinturas de Botero. Ela queria fazer moda inclusiva, que abarcasse as várias possíveis sensibilidades do feminino, e chamou diversas ONGs voltadas ao trabalho com mulheres negras, pobres e LGBTs para estarem presentes no desfile, que se repetiria em comunidades da periferia de São Paulo. O evento, que ela batizou de QUILOMBO CULTURAL, chamou a atenção de youtubers e foi transmitido em tempo real pela internet. No final do desfile e da apresentação musical, Dandara exibiu num telão imagens de sua irmã-irmão morta pelo meganha; e fez um discurso ousado, falando sobre as mulheres pretas e transexuais que são mortas pela polícia todos os dias em São Paulo, Salvador, Rio de Janeiro, Recife e outras capitais do país. A repercusssão foi enorme; fascistas escreveram mensagens de ódio em páginas da internet, chamando Dandara de macaca, puta, nojenta, viada, comunista e outros termos que o senhor pode imaginar, e outros internautas defenderam o desfile e seu caráter inclusivo. Logo vieram as ameaças de estupro, tortura e morte e o caso foi parar nas manchetes de jornais e portais de informação. Dandara conseguiu o que queria: agora, todos sabiam da história dela e seria impossível não surgir alguma pista do paradeiro do crapuloso. Então, Pétala convidou Dandara para um almoço no Halim, restaurante árabe que fica perto da Avenida Paulista. Ela precisava lhe dizer algo importante ou não dormiria em paz com a sua consciência.

* * *

Exu Tranca Rua das Almas, aquele-que-abre-os-caminhos. Ele veste capa e cartola vermelhas, o cavalheiro; usa cavanhaque e sempre fuma um bom charuto, o companheiro. Bebe uísque, bebe conhaque, bebe cachaça, aquele-que-segura-o-tridente, o mensageiro. Sua arma é a espada, sua flor, a rosa amarela, ele-que-nunca--engana, meu parceiro. Ele mora nas ruas, com o povo da rua, sem pedir licença para a lua, o conselheiro. Ele protege a casa de quem o cultua, afasta a inveja e o rancor de seus afilhados, o feiticeiro. É o guardião dos cemitérios e protetor das almas. Seu Tranca Rua chegou para trabalhar, enaenaamojubá, enaenaamojubá, amojubá.

Laroyê, Seu Exu Tranca Rua!

* * *

Pétala recebeu Dandara com um rosto tenso, esquivo. Ela, que quase não fumava, acendeu vários cigarros do lado de fora do restaurante, enquanto esperava a amiga; e sua boca cheirava a nicotina. Elas pediram porções de tabule, falafel, kaftas e um prato vegano bem temperado, uma garrafa de cerveja de trigo e começaram a conversar. Pétala foi direto ao assunto. Ela já morou na comunidade Boca Quebrada, em que vivia Waldomiro, Seu Lucifér, antes de se mudar para Salvador e conhecer Tiago Alaripe. Ela ouvia as conversas dos moradores sobre o podrão-pedreira, o agourento; que ele estuprava as minas da favela, de treze, catorze anos, com o seu bonde de milicianos, os cabras do inferno; que torturava e humilhava mulheres; e que guardava uma coleção de línguas, cortadas das bocas daquelas que executou, como troféus. Ouviu também, numa conversa de boteco, Seu Lucifér vangloriar-se de matar a ex-companheira, Talita, com ajuda de policiais da corporação; e que até hoje guardava a língua dela, cortada com faca de cozinha. Sim, ele era um monstro, o tenente de Zé das Mortes: mas se alguém encontrasse a tal caixa de madeira com a coleção de línguas, o desalmado estava ferrado. Waldomiro era alto, ruivo, corpulento, continuou Pétala, e tem o rosto cortado por uma longa cicatriz, que ele recebeu numa briga de faca com um capoeira que olhou feio para ele. Isso era tudo o que ela sabia, o que o povo dizia, e ela ouvia nos fuxicos do morro. Dandara agradeceu a Pétala pelo que ela disse, mesmo sob o risco de cair na ira do meganha-mata-minas. Ela era sua amiga-mana-camarada! Agora, ela conversaria com Jerônimo, para saber se era possível alguma ação legal contra o ratão-do-banhado, a partir desses ditos; ou se era necessária alguma outra pista ou prova. O que Seu Exu Veludo previu estava acontecendo, na viração do transformar-se. O esconjurado irá receber o que merece, até o último centavo. Ele que aguarde, o lazarento dos infernos!

* * *

Exu Marabô, aquele-que-sabe-as-artes-da-cura, veste apenas um pano na altura da cintura e colares com ossos e dentes de bichos--de-quatro-patas. Ele curou o rei e curou a rainha; ele matou o rei e matou a rainha, o vingativo. O escuro morreu, ficou luminoso e hoje serve a Xangô e Iemanjá, saravá. O teimoso usa capa preta igual à do capeta e vive na rua, com o povo da rua, ele-o-amigo-da lua; ele, o festeiro bebe a cerveja no gargalo, dança com as pombas-giras e ri muito alto, aquele que nos protege dos danados e dos insensatos. Guarda os seus segredos em sete cabaças, enlaçadas com fitas de sete cores; guarda magia da calunga em seus sete aneis; guarda o axé dos exus em seus sete colares. Ele, que come farofa e pimenta vermelha, salvou a tribo da manada de búfalos. O conde que se veste com elegância viaja no tempo, ele viaja no espaço. Eu saúdo o Exu das Sete Cabaças de Dendê. Salve, Seu Exu Marabô!

Laroyê, Seu Exu Marabô!

CAPÍTULO V

-- Muié doida da porra, vadia-pixaim-negrume, amiga do zé--pinguço-da-treta! Depois não reclame do fuzuê, piranha-peçonha-amarume! Palha seca tem medo do fogo, capim verde tremula na chuva, aranha sabida não se mete com sucuri. E a dama doida, eh, ah, eh, ah, perdeu a noção do perigo, foi? Eh, ah, eh, ah, perdeu o medo da bala, da faca, foi? Pois aguarde o chorume no chiqueiro, crioula-borrão-de-betume! Ocê vai ver só, vai para o entrudo do capeta, muié linguaruda com zóios de muruci-vermelho! Vai para a cova junto com o Cosme, eh, ah, eh, ah, a rameira vai virar peneira, como a tal da Marielle! Ocê vai chorar até a serpente aprender a cantar; ocê vai gritar até árvore dizer bom dia, boa noite; ocê vai morrer até o corvo voltar para dentro da casca do ovo. Eu sou Lucifér, irmão de armas de Seu Zé das Mortes, meu parente! Ele zela pelo bando, pelos bate-paus, moleques-moloques, e eu sou o tenente na maloca do bonde, ocê saiba, muié amalucada, nega espalha-brasa com cabelo de estrume! Nóis vamo tocá o terror, tocá o terror, tocá o terror! Vou cortar sua língua para comer com farofa e torresmo, puta da porra, preta linguaruda! Ocê não vai ter paz em parte alguma, o bando do meu bonde vai estar atrás de ocê, macumbeira-sem-eira-nem-beira! Quem cochicha, o rabo estica, por isso, fique cada um no seu quadrado! Vaca preta pulou da cerca, agora vai para a ponta da faca, essa é a minha doutrina. Vai para a ponta da faca, rameira biscateira! A curiosa ficará sem orelhas, vou jogar na panela e jantar com feijão e palmito! Eu sou Lucifér, e quem sabe de mim, é bom ficar com muito medo. Seu Zé das Mortes me trouxe de Salvador para São Paulo a fim de cuidar dos negócios dele aqui, na Boca Quebrada; sou eu, mais os hómis do batalhão da caveira, que fazemos a cobrança, e ai de quem não pagar! Já executei muito otário que se recusou a colaborar com a segurança da boca. Sou eu quem conversa com o

Comando 666, para discutir quem fica com quanto, da venda do crack; sou eu quem fala com pastor e político, para fazer alianças e dividir os ganhos. Por ordem minha que se instala água e luz na casa de fulano ou de mané. Ninguém faz baile, churrasco ou oração se eu não disser amém. Menino que não faz o que digo termina com buraco no umbigo. Agora vem essa porca que logo estará morta atrás da horta achando que vai me botar na cadeia, por causa de uma vadia que mandei para a casa do caralho? Então ela que aguarde, a sebosa, se acha que pode me pegar. Eu não sou Waldomiro dos Anjos, eu sou é Legião, e digo isso porque somos incontáveis, como as estrelas do céu. A puta preta acha que pode mais do que eu, é? Ninguém pode com o bode, quando o bode pode. Agora, a cobra vai fumar.

* * *

Mana, minha mana: eu sou camaleão, camaleoa, maluca mameluca. Você não sabe de mim, que nasci assim, estrela estranha, asa de corvo branco, terceiro lado do espelho, cachimbo que se fuma ao contrário. Não, você não faz ideia de como foi viver na rua, com o povo da rua, comendo o pão que o diabo amassou, até ser morta com uma martelada na cabeça, depois jogada na rua e furada que nem peneira, quando eu nem mais respirava. Só Dindinnha Lua sabe, e ela não contará para ninguém. Vivi no à-toa, com pinguços e puliças, meninos e travecos, com o bode preto e o mané cara de bosta. Com quantos homens dormi, quantas garrafas bebi, quanto pó branco cheirei em noites negras, até virar defunta. Você quer saber de mim agora, por que não veio antes saber como eu estava? Sentia vergonha, foi? Da mana-mano viado-viada, pobre diaba, coisa ruim, sobrinha do capeta, que vivia nos buracos das quebradas? Está certo, você não é pau de dar em doido, tinha casa pra cuidar, marido, o serviço na farmácia; e você sempre teve cuidado com painho Tinoco, mainha Zizinha, você era a filha que eles amaram, a moça séria, recatada, de família. Eu não a culpo, você entende? Eu fui o aborto, a maldita, a fantasma. Desonrei a família. Você é pessoa boa, sei de seu remorso, por não me procurar, todo esse tempo de misérias; mas deixe de lado essa sanha, essa acidez que te come pelos dentros... eu fui burra, dei trela pra puliça, pra quem não devia, e agora, jacaré? Estou aqui, na cidade dos pés juntos, a sete palmas de terra, depois de ter sido surrada, martelada e furada de bala, na matação... o que você ganha com essa ideia de revide, com esse rancor? Ouça a sua irmã, que morreu antes de você: o que foi feito, está feito, nada irá compensar o meu tormento. Você agora é estilista, ficou famosa, tenho muito orgulho, viu? Ao menos, uma das manas deu certo nessa vida de porra. Então, o que lhe digo é que deixe essa história de lado e vá viver a sua vida! Encontre um homem gostoso, que saiba comer direito uma mulher, aproveite os seus anos, conheça o mundo, mostre a todos a sua arte. Eu aqui me viro, pagarei o que devo, centavo por centavo, isso nem te conto, não importa. Coma boas comidas, de gente rica, beba vinhos caros, você merece, compre uma casa, quem sabe até você ainda possa ter filhos... Com o trolha da farmácia, não valia a pena, mas você ainda é moça, bonita,.. então, eu lhe peço, por favor, esqueça de Waldomiro, o acanjo do inferno, não procure o escroto, cuide de seus assuntos, de suas tretas, e eu estarei sempre aqui com você como a sua sombra. Você nem sabe disso, mana, minha mana, mas eu sou a sua sombra. Eu, o camaleão, a camaleoa, a estrela estranha que se fuma ao contrário.

* * *

Sua voz.

Eu não suportava sua voz, seus ruídos; o modo como mastigava, fazendo soar dentes, língua, o metal do talher; sua tosse, funda, escura como a noite; a mania de cuspir na pia do banheiro seus catarros; eu não suportava seu cheiro, igual ao de um bicho; o vício do cigarro, que amarelava as paredes da sala; e ele ainda bebia a cachaça ou o conhaque barato até ficar bêbado e falar montes de merda, o caricato. Eu não me deitava com ele há muitos anos; até dormia na mesma cama, mas não tinha vontade de seu corpo, nem ele do meu; só queria meus serviços na cozinha e na farmácia, nada mais; e eu, o que queria dele? Então, me virava para um lado, ele se virava para o outro, e peidava, o nojento! Às vezes, eu saía do quarto e ia dormir no sofá, para não sentir a sua presença, seus ruídos, calor, respiração. Minha mãe, Dona Jibi-Zizinha, dizia que eu devia ser paciente, tolerar o intolerável; aquela era minha cruz, minha sina; era a vontade de Jesus Cristo Nosso Senhor. Quem sou eu para discordar de Deus? Ele tem os seus pensamentos, eu tenho os meus. Cada cabeça, uma sentença. Quando soube da morte de Talita, porém, algo mudou em mim; não era só a vontade de justiça, de descobrir o malvado e fazê-lo pagar pelo crime; era isso, mas era mais, não menos; a busca de um sentido, talvez? Porque até o dia da morte da mana-meu-mano, o dia do bode preto nascer ao contrário, minha vida tacanha não tinha outra serventia além de cuidar dos assuntos do tonto que aceitei como marido, o inútil, ruidoso, suarento. Depois da morte de Talita, caída na calçada, uma coisa vermelha, rasgada, eu senti algo diferente, outra pulsação; senti que eu devia ter uma vida, sabe? Um propósito além de preparar a comida, arrumar a cama, trabalhar na farmácia, cuidar das contas no final do mês, ir à igreja, rezar baixinho para Nossa Senhora da Aparecida. O que eu fazia por mim mesma? Que bosta de vida! Eu já estava morta e não sabia; quando Talita morreu, então eu nasci; como se ela tivesse entrado em mim, com as suas contas amarelas de Oxum Apará, e feito uma revolução lá nos fundos dos dentros de mim. Eu queria caminhar de outra maneira, sentir outros cheiros, que não fossem de bicho, tabaco, conhaque; sentir minhas pernas, axilas, olhos, peitos, vagina. Perceber que havia outro rosto em meu rosto, muito mais bonito. Que havia outra pele sob a minha pele. Quando fui embora de Salvador para São Paulo, deixei aquela mulher ridícula, patética, que eu fui para trás; eu a matei com a faca de cozinha.

Joana está morta; meu nome agora é Dandara.

* * *

Pétala, de qual flor? De barro; bosta; flor do lixo; estrume estranho, feito um polvo; flor alguma? Flor nenhuma; de ninguém; do inferno; do nada, deflorada. Sim, fui amante do canalha; uma tonta entre tantas tontas, até ser deixada por causa de Talita, a cabrita-macho-de-peitos; eu a odiei, com todo o ódio; e como vou me perdoar? Palavras podres que disse sobre ela; calúnias, infâmias... eu só queria *vê-la na merda,* no fundo do esgoto, toda fodida, aquela fedida; preta magrela da porra, que nem preta era, porque não era mulher, não tinha buceta... Talita, um cara fresco com tetas falsas e pingelo entre as pernas... uma coisa escrota, nojenta, uma vaca, um vácuo... nem sabia definir aquela aberração... o que Waldomiro viu nele, nela? A bunda? Só osso, músculo e carne magra... gostou da boca, foi? Da boca de boquete, que eu queria tanto cortar à gilete? Ou das pequenas mamas de cachorra? Ah, como odiei a vagabunda, que rodava bolsinha pra pagar um quarto num cortiço! Eles viveram juntos como rei e rainha, até a rainha ser comida pelo cavalo, torre, bispo e arcebispo, ser morta pelos peões e expulsa do tabuleiro... E no depois da morte da bezerra, quis o destino que eu conhecese Tiago e me casasse com ele, sobrinho daquela que me passou para trás.. foi pouca coisa, isso? Foi pouco? Não, não foi... quis o destino, ainda, que eu topasse com Dandara, ficasse amiga da irmã de minha inimiga; e sentisse a dor que causei nela, por minha maldade; como vou dormir, agora, sem beber até cair no chão? Eu nem devia chorar, por não ter merecimento; lágrima, volte para o fundo do olho; soluço, retorne para onde veio. Como posso me respeitar, depois de tudo? Eu fui a mais burra, a mais infame, entre todas as mulheres do canalha; eu fui aquela que o amou no mais do demais; se ele não presta, o que eu sou, por amá-lo mesmo assim, sabendo de suas ruindades? O que eu sei dessa história? Só sei de tudo. De todas que ele espancou, torturou; eu fiz que não sabia, isso é certo? Fechei os olhos e fiz as coisas que ele me pedia, sem pensar uma, duas vezes; vendia pó fora do morro e lhe entregava os trocos, passava recados para a polícia, dormia com os caras que ele mandava, ajudava a esconder a sua sujeira; como posso justificar o que fiz? Então, eu sou mais culpada do que ele. Fui eu que delatei o caso de Talita com o vizinho, eu a entreguei pra Waldomiro e seus amigos, pra ela ser judiada. Fui eu quem deu a martelada na cabeça da vadia, sem remorso; Foi por amor? Como é possível amar esse demônio, esse porco, sem estar com ele no chiqueiro, rolando na merda, comendo as próprias fezes? Como eu posso tolerar a mim mesma, depois de tudo o que fiz, alguém me diga? Eu sou humana, sou? Ou serei bicho, diaba, coisa nojenta?

* * *

Ela, a preta-pretume, tão alheia, delirante; tão atípica; igual, dessemelhante, como a onça que muda em miríades de onças. Fulana virou felina, virou Dandara; se ela me assusta? Me instiga, encanta; beijei seus lábios, ela me mostrou as tetas; deitamos, rolamos, nossas pernas entrecruzadas. Ela é do rio e do cobre, da terra e do ar, aquela que tem espada e ofá; eu sou do vento e da chuva, dona do rubro e do fogo, mulher-búfala. Tão distintas, tão outras. Quando crianças, lembrei num sonho, brincamos no quintal de tia Jibi-Zizinha; corríamos, descalças, no chão de terra, depois da chuva; soltávamos as galinhas, pregávamos peças ao gato, coisas que duas sapecas fazem antes da primeira menstruação. Depois, crescemos, nos afastamo. Nunca fui mulher de viver às custas de marido, de cuidar de casa e crias; o mundo é pequeno para mim, olho de caramujo, escama de sucuri. Quando conheci Jerônimo, rapaz-corisco, reconheci nele o trovão, a pedra-de-raio, alguém que eu podia amar; ele é faísca, eu sou incêndio. Larguei Jorge, meu companheiro, e fugi com ele; não me arrependo. Minha pele gosta da pele dele; e sou livre para amar quem eu quiser, fazer o que eu quiser. Fui modelo em desfiles de moda, tirei fotos para revistas, dei aulas de dança africana, enquanto a prima, enfurnada na farmácia, atendia clientes, depois cozinhava feijão com farofa e torresmo para o traste, sempre triste, tediosa. Isso, até a morte de Talita, sua irmã-irmão; até ela conversar com Zé Pelintra e Maria Navalha, na Casa das Encantadas; até ser espancada pelo Fausto, abandonar o chifrudo e se mudar para São Paulo, em busca do crapuloso que furou sua mana. Eu a trouxe para minha casa, na boa vontade; ajudei-a a montar seu negócio, apresentei-a a pessoas, emprestei dinheiro, dei carinho; mas ela é estranha, fugidia, anfíbia que troca de pele. Pensei que ficaríamos juntas, com Jerônimo; como na vez em que tomamos banho, os três, um brincando com as graças do outro, da outra, em amor de amor, tão doce lambê-la. Mas ela fugiu, temerosa; medo de amar? Ou de perder sua busca? Nunca entendi o que ela escondia na cabaça, além da raiva, do revide. Sinto sua falta, sim; de esfregar-me nela, minha buceta na sua buceta; de beijar sua boca, pentear seus cabelos; de descobrir sinais em sua pele, brincar em sua barriga; ela voltará, eu sei, a mina amarga; ela está mudando, virando outra, a onça que sai da onça, em miríades de onças; e estarei esperando por ela, com a minha boca, meus dedos, meus pés, minhas tetas, meu desejo de devorá-la; sou búfala, mulher-búfala, tempestade de Iansã-Oyá; estou atenta ao chamado de meus amores, e ela estará comigo, aqui ou no além-orum-nirvana, para os sempres do eternamente.

* * *

Vacona, a outra cabrita, vagaba; mona mundana; moça medonha-peçonha; cuarra-coirão, alicate-biscate, muié de meia porta, barregã pechenga, rameira carraspana, meretriz-marafona, que amei a nojo. Ela odiou Talita, desde que soube dela, da outra; nunca enganei que não tenho dona e deito com quem quero. Ela que aceitasse ou arredasse o pé, fosse embora, para o diabo que a carregue, nas trevas das tenebras. Mas não: a nojenta teve de armar tocaia, pra foder com a outra, livrar-se da rival; criou histórias de que Talita estava na traição; que ela saía com o vizinho, nas minhas costas, pra me torturar. E depois, fez o que se sabe: a guria-macho-de-tetas ficou com a culpa de vadiagem e levou couro dos cabras, para correção. Traição-rasteira, aqui no morro, tem castigo merecido. Ninguém engana Seu Lucifér, tá ligado? Pela trapaça do embuste, a mina viada levou soco na cara, na barriga; teve dente quebrado, braço quebrado, cara quebrada. Os bate-paus chutaram a vadia, iam jogá-la no mato, para que ficasse largada no meio-do-não-nada-que-não-é. Antes de ser jogada do carro, a Pétala Despetalada teve ideia de bater na cabeça da vadia com um martelo, voaram sangue e miolos pra todo lado, sujou os bancos e vidros do carro, uma nojeira. Agora, está pronta a enrrascada, por causa dessa preta peçonhenta; os moloques tiraram o corpo do carro, jogaram no mato e atiraram nela à vontade, até a puta virar mingau de aveia. Por que isso? Porque não foi castigo de amante, foi vingança de outro bonde; Talita foi furada por outro comando, que disputa com a gente a venda de pó. É isso. Só que não foi isso. E eu fiquei com a culpa da matação, pelo arranjo da Pétala-Peçonha; expulsei essa bruaca do morro, que pegasse suas coisas e fosse embora, nunca mais me procurasse, ou ia ter a mesma sorte da cabrita invertida. Que desapareça, diaba dos infernos. Soube que casou com Tiago Alaripe, dono de boteco; que sossegue a periquita com esse otário e não me encha mais o saco. Por causa dela, essa Joana-Dandara não sai do meu pé, e terei de encher suas fuças de chumbo, matação desnecessária, mas que tenho de fazer. Tudo por causa dos ciúmes de uma rascoa-rascoeira, rapariga de berremote, messalina-periguete, quenga arrombada, mulher-do-fandango, que abre as pernas até pra um cavalo, vadia oferecida que não vale o chulé da chinela do corcunda. Ah, se eu ver essa marafona de frente, vou estourar sua fuça, cortar sua língua e guardar na minha caixa de troféus, parasita do caralho. Agora, o que eu preciso é dar um fim na irmã da outra diaba, que está metendo o nariz onde não é chamada, vou cortar suas orelhas, ela vai ver só. Este morrro já foi um lugar tranquilo, gostoso; nos domingos, a gente fazia churrasco, com samba, suor e cerveja.

CAPÍTULO VI

Dandara escutou a confissão de Pétala e procurou Jerônimo, o corisco-negro-vermelhão, para conversar sobre as ações cabíveis; ela queria retaliação, fazer o maldito comer os próprios olhos. Madrinha e Jerônimo combinaram de se encontrar no Café Girondino, perto do Largo de São Bento, onde ele trabalhava num escritório de advocacia. O senhor é paulista, não é? Já foi nesse café? Eu estive várias vezes em São Paulo, na época em que trabalhava com o comércio; agora, porém, vivo aqui, nessa esquina da rua Gregório de Matos, em Salvador, perto da igrega dourada, e há muito tempo não vou a lugar algum; fico sentado aqui, com os meus cães e trastes, e vivo com aquilo que me dão por esmola. Mas agora isso não importa, vamos voltar à nossa história. Jerônimo ouviu com atenção aquelas palavras amargas, palavras de dor e desespero, como as lágrimas de Oxum Apará na beira do rio; como as lágrimas de Janaína, quando viu seus filhos irem embora, no vai e vem da roda do mundo. O moço respondeu a Dandara que não havia o que fazer, por enquanto; o que a confissão de Pétala provava contra Waldomiro? Nada, não senhor. A mulher de Tiago Alaripe acusava o miliciano de estupro, tráfico de drogas, tortura, assassinato, sem evidências; nem documento escrito, nem foto ou vídeo de celular, nada; era apenas a palavra dela contra a dele. Divulgar essas declarações era algo muito perigoso, iria apenas irritar ainda mais Waldomiro Arcanjo, Seu Lucifér, o facinoroso, tenente de Zé das Mortes.

Madrinha saiu do café amuada, conforme ela contou para a Maria Quitéria, que viera a São Paulo visitar Bárbara. Caminhou pelo Largo de São Bento, entrou em galerias comerciais, comprou flores para oferecer a Obá, a guerreira senhora do rio; depois, foi até o Largo do Patriarca, apoiou-se em uma parede grafitada da igreja de Santo Antônio e ficou lá alguns instantes, ouvindo uma apresentação de música indiana. Meninas vestidas com lenços e sáris coloridos e rapazes com cabelos raspados e marcas de tílaka entre a testa e o nariz cantavam mantras, Hare Krishna, Hare Krishna, Krishna Krishna, Hare Hare, tocavam pequenos sinos de metal, cantavam e dançavam, como se estivessem em êxtase, Hare Rama, Hare Rama, Rama Rama, Hare Hare, dançavam e cantavam. Depois, ela continuou sua caminhada até a rua Barão de Itapetininga, passou por barraquinhas de negras que jogavam búzios, baralho cigano e tarô, pastores evangélicos de longas barbas, que pregavam aos berros e davam tapas ruidosos em suas bíblias; viu barraquinhas de pretos senegaleses que vendiam máscaras, tambores e estátuas africanas e por fim entrou em um prédio onde ficava o novo escritório da Agência de Notícias Ogum Alagbedê. Ela procurou Jorge, o diretor da empresa, que acabara de voltar de Lisboa, contou novamente sua história e perguntou se seria possível a publicação de um vídeo com as declarações de Pétala. Jorge conhecia o caso, já divulgou notícias sobre a morte de Talita, mas agora as acusações eram muito graves; e se Pétala mentiu? E se ela não contou a história toda? A agência precisava ter cuidado, para não publicar notícias falsas. Ele aconselhou Dandara a conversar mais com a sua amiga com nome de flor, para obter novas informações, e também a orientou para conseguir testemunhos de outros moradores da comunidade, para dar consistência à matéria. Jorge pressentiu que tinha angu nesse caroço? Macaco velho não bota a mão em cumbuca. Ele não era avexado, não fazia as coisas na molequeira, nem brincava com fogo por falatório de Seu Dedinho, Dona Sovaco Raspado ou do Beto sem Braço.

Queria fatos, aí sim, a agência de notícias botaria a boca no trombone.

Pela segunda vez, madrinha ficou amuada, e saiu de lá sem saber o que fazer. Pétala mentiu, foi, não foi? Ela disse tudo o que sabia? Sim, não, nem sim, nem não? Estava escondendo alguma coisa, a dissimulada? Hum! Eh, ah... Madrinha voltou para casa, tristonha, as mãos pensas, sem saber ainda qual seria o próximo passo. Que Oxalá lhe iluminasse, o orixá fun fun que dança e canta vestido de branco, que ele lhe desse um pouco de clareza. No caminho para casa, Dandara passou pela Praça Roosevelt, tomou uma cerveja, comeu um brigadeiro, leu as últimas notícias em um portal de notícias, pelo celular, e pensou, desconsolada, como o Brasil virou esse país-hospício, país-presídio, país-danação. Pessoas estranhas caminhavam com ódio, se alimentavam de ódio, respiravam ódio, por todos os poros da pele. Gente de pele nervosa, irada, inconsequente. Tudo acontecia ao contrário, tudo era bruto, áspero, precipício; palavras doíam; demasia de rancores, fúrias, lamentos, no pior momento de nossa história. Viados surrados por vadios; mulheres queimadas por maridos misóginos; moradores de rua amarrados em postes de luz e açoitados; negros torturados nos fundos de supermercados; vivemos tempos de horror, de horror, reinado de gárgulas, de bafomés. Era o que ela acreditava; era o que ela dizia à preta Maria Quitéria, quando as duas ficavam de conversinha. Havia medo nos olhos de crianças; havia medo no olhar das mulheres da limpeza, havia medo no olhar das pessoas simples, mas também uma raiva escondida; um desejo de fazer com que tudo explodisse, numa imensa bola de fogo, como diz o livro do cristão, no maior incêndio que jamais houve. Depois da segunda garrafa de cerveja, Dandara foi para casa, caiu na cama e dormiu, como quem desaparecesse, mergulhada nos fundos de si mesma.

Era uma noite de domingo, uma fria noite de outono, e foi nessa noite que o grande incêndio aconteceu. Nas primeiras horas da madrugada, um jovem magro mascarado encontrou uma garota ruiva, mascarada, em frente ao Parque Trianon, na Avenida Paulista, onde grafitaram uma suástica na testa da estátua de um bandeirante. Logo surgiu um amigo do casal, rapaz forte, musculoso, mascarado; eles atravessaram a rua, sem pressa, e encontraram um homem alto, mascarado, que estava a namorada, uma garota negra, também mascarada. Eles caminharam devagar, cantando, baixinho a canção *Bella ciao*, como se estivessem bêbados, até o prédio da Federação das Indústrias do Estado de São Paulo, a Fiesp: *O partigiano, portami via / O bella ciao, bella ciao, bella ciao, ciao, ciao / O partigiano, portami via / Ché mi sento di morir.* Eles aguardaram em silêncio o segurança noturno sair para beber um café, mijar ou fumar um cigarro na esquina e depois atiraram as primeiras bombas incendiárias na entrada do prédio; soaram alarmes, seguranças correram para conter os jovens, antes da chegada das viaturas da Polícia Militar, mas logo um segundo grupo de ativistas entrou em cena com mais coquetéis molotov e atiraram balas de pistolas automáticas de 9mm nos seguranças; no alto, cruzando as nuvens cinzentas do céu, um helicóptero com militantes armados com bombas e fuzis atacou novamente o edifício empresarial e os agentes de segurança.

A noite ficou iluminada por aquela fogueira.

A peleja entre os jovens e os seguranças duraram horas, mesmo após a chegada das viaturas. Os ativistas foram contidos pelos policiais, jogados em camburões, outros caíram mortos na calçada, com balas na cabeça, tingindo o asfalto de vermelho, mas o incêndio se alastrou pelo prédio e durou a noite inteira, até o edifício virar ruínas, uma coleção de pedras chamuscadas, vidros moídos, plástico derretido e metais ensombreados. Na internet, o site da Fiesp foi retirado do ar por um grupo de *hackers*, que colocaram na página uma bandeira vermelha com a frase ZUMBI VIVE!

A polícia interrogou os jovens com brutalidade, mas eles só repetiram essa frase, insistentemente; mesmo após os socos, chutes, choques elétricos, eles apenas repetiram ZUMBI VIVE! O delegado Moro ficou aterrorizado, pois nunca viu prisioneiros resistirem a tantas dores, sem dizerem nada além de uma palavra-de-ordem. A imprensa logo noticiou o caso, em edições de última hora; imagens de um cinegrafista amador, talvez um integrante do grupo, foram transmitidos pela televisão; nas rádios e portais de informação, falava-se apenas do atentado. O incêndio apenas acirrou ainda mais os ânimos no país; logo surgiram ataques espontâneos de estudantes e desempregados contra estátuas de bandeirantes, colégios militares, igrejas evangélicas, agências bancárias e casas de políticos conservadores; em represália, o grupo fascista OS PATRIOTAS atacou casas de umbanda e candomblé, tentou invadir o Museu Afro Brasil, depredaram homenagens a Marielle, jogaram bombas em sindicatos, sedes de partidos de esquerda e espancaram pessoas nas ruas, suspeitas de simpatia pelo "terrorismo". Novamente, negros, mulheres e gays foram alvo de agressões ao acaso, ao deus-dará, daquela turba de enlouquecidos. Em um bairro nobre de São Paulo, um casal de idosos de ascendência irlandesa aprisionou crianças pobres, surdo-mudas, e as torturaram repetidas vezes, durante várias noites, apenas para verem se elas podiam gritar. No auge do desvario-deliramento, "homens de bem" acorrentaram um negro à lataria de um carro e arrastaram o coitado durante horas pela rua noturna, até ele morrer de ataque cardíaco, após as muitas lacerações causadas por esse suplício. Foi quando o governo declarou toque de recolher, enviou forças policiais a todas as áreas de conflito e prendeu alguns aluados, que declararam estar cumprindo as ordens de Jesus Cristo, para livrar o Brasil do comunismo. Naqueles tempos, foi assim, o senhor se lembra?

Só alheação, insensatez, temeridade.

Dandara assistiu a tudo isso pelo noticiário na televisão e sentiu medo, pela primeira vez, conforme confessou a Bárbara, e foi se esconder na casa da prima, sem saber para onde ir. Lá, no apartamento da Avenida Ipiranga, elas acompanharam os ohs da louquice, os ahs do destempero, rezando para Iansã, com seus raios e ventos, dar um fim a tanta brutalidade, a tanta insensatez. Após duas semanas de conflitos nas ruas, entre estudantes e operários de um lado, policiais e fascistas de outro, voltou a quietação da calmaria. Muita gente foi presa, espancada, interrogada, e uns poucos gatos pingados foram ver o sol nascer quadrado. A corda sempre arrebenta do lado mais fraco e apenas a galera que botou fogo no prédio da Fiesp recebeu sentenças de prisão; os milicianos do grupo OS PATRIOTAS ficaram em liberdade, após contratarem bons advogados. E assim é a justiça em nosso país, o senhor aceite ou não aceite. Temos a melhor justiça que o dinheiro pode comprar, dizia Seu Salustiano, meu padrinho. Cabral trouxe para cá uma caixinha de rapé amaldiçoada por espíritos ruins e a cada vez que ele abria a caixa, saíam mil demônios. É o que dizia para mim a voinha Nanã, que não gostava de rapé, preferia fumar charuto.

Pois bem: Dandara ficou alguns dias na casa de Bárbara e contou para ela as palavras de Pétala; que Waldomiro era mesmo culpado, o Seu Lucifér, e que guardava as línguas das vítimas dele em algum esconderijo em seu barracão. E se elas fossem até lá, procurar os tais troféus do sádico amalucado?

– Você está louca, prima! Quer invadir o barraco de um miliciano, com os bate-paus do bando dele espalhados por toda a Boca Quebrada? Você vai morrer, se tentar fazer isso. Vamos pensar em outra coisa!

E serviu para ela um prato de quiabo, a comida favorita de Jerônimo, e ficaram assistindo às notícias, na televisão. Jerônimo estava fora de casa, na delegacia; ele se ofereceu para representar os jovens presos, para reduzir as suas penas. Todos eles tinham entre 15 e 18 anos, sem antecedentes criminais, e moravam em bairros de periferia da cidade; cometeram crime de destruição de patrimônio, sim, com porte ilegal de armas, enfrentaram policiais e feriram alguns deles; eram terroristas, segundo a polícia; Jerônimo quis apresentá-los como prisioneiros políticos, que sofreram abusos na delegacia; falou da possível repercussão internacional, se recebessem penas severas; propôs trabalho comunitário, como forma de punição legal, mas o delegado Moro não aceitou a proposta, e a discussão se arrastou noite adentro. Moro queria punição máxima para os maiores de idade, e os menores seriam levados para centros de correção juvenil.

Bárbara aproveitou o tempo com a prima para conversar mais com ela, há muito não se viam; perguntou o que estava fazendo, se ela desenhou novos modelos, se tinha algum desfile agendado, como andavam os negócios da Casa Logunedé. Ofereceu vinho branco, biscoitos, pão integral com patê de manjericão, queijos. Dandara respondeu com desinteresse, não se sentia muito bem na presença de Bárbara; telefonou para Pétala, pediu a ela que fosse encontrá-la, para não ficar sozinha com a prima; mas o telefone estava mudo. Pétala foi levada pelo vento, como dentes-de-leão; Dandara ensaiou de ir embora, mas Bárbara insistiu que ela ficasse mais um pouco, pelo menos até amanhã cedo, não era seguro caminhar sozinha pelas ruas à noite, no meio desse redemoinho. Trouxe uma segunda garrafa de vinho branco, cigarros de canela, colocou uma música de Nina Simone e olhou para Dandara com seus olhos verdes, de enfeitiçar, olhos doces, que fazem amor com aqueles que recebem esse olhar. Então, Bárbara se levantou, foi para o quarto, despiu-se, colocou apenas um quimono vermelho e se aproximou mais da prima, que soltou a bolsa no chão, tirou os sapatos e aproximou o seu rosto de ao Bárbara, dando-lhe um beijo suave, úmido, carinhoso; mordeu seus lábios, tocou-lhe a língua com a sua, e então o espírito da deusa das águas caminhou sobre a espuma do rio.

Uma gostava da pele da outra, do alecrim, do jasmim da outra; como o vento que se apaixona pelo rio. Braços se tocaram, mãos se tocaram, mamilos se encontraram, como se nada mais existisse; apenas dedos deslizando por cabelos, faces e bocas; apenas a confusão de pernas misturadas num único abraço com a lua e as nuvens escuras, como jade negro. Deitar com Bárbara era como deitar com fogo-fátuo, fogo-de-santelmo, mulher-búfala; era como estar abraçada com o vento seco de verão que antecede a chuva. Dandara sentiu medo de ficar ali para sempre, prisioneira daqueles olhos verdes.

Na manhã seguinte, levantou-se da cama, estava nua; tomou banho, juntou as suas coisas e foi embora, antes que Bárbara acordasse. Se ela visse novamente aqueles olhos verdes, não teria coragem de sair. Novamente, ligou várias vezes para Pétala, que não atendia ao telefone; e resolveu ir tomar café no Floresta, no andar térreo do Edifício Copan, antes de voltar para casa. Após beber um café com canela e comer um pastel-de-belém, madrinha deu uma volta pela galeria comercial, entrou na lojinha de presentes que vendia imagens dos orixás, estatuetas de Buda, Kanon e Lakshmi; depois foi à última locadora de vídeo da cidade, para gastar um pouco mais de tempo, e finalmente caminhou pela Avenida Ipiranga até chegar à estação de metrô República, de onde iria até a sua casa na Vila Mariana. O fuzuê da noite do pandemônio ainda era visível: estações de metrô e agências bancárias grafitadas, depredadas, calçadas e muros com slogans pintados de vermelho, ronda ostensiva da Polícia Militar nas ruas do centro da cidade, com cães policiais e armamento pesado. Antes de descer a escadaria do metrô para ir até a plataforma, Dandara resolveu ir até uma banca de jornal próxima para saber das últimas informações. Ela olhou na primeira página de um jornal e entendeu por que Pétala não respondia a suas mensagens: ela matou-se, com overdose de heroína.

Benedita, Benê-do-Alaripe, Pétala, deixou uma carta e uma gravação no Youtube em que assumia a sua particiáção na morte de Talita. Ela confessou ter matado o macho-cabrita-de-peitos com um golpe de martelo na cabeça da infeliz, mas acusou Waldomiro de ser cúmplice no assassínio; contou o que sabia do bonde de Zé das Mortes, falou de contas bancárias no exterior, da sala de torturas na comunidade Boca Quebrada e de todas as reinações do mal daquele cujo nome é Legião. Também deixou um bilhete para Dandara, dizendo que agora contou toda a verdade; pediu desculpas a sua amiga-inimiga e deixou para ela um pingente de prata que pertencera a Talita, em um saquinho de veludo carmim. A polícia realizou uma operação de guerra no morro da Boca Quebrada, prendeu milicianos, encontrou depósitos de armas e munições, drogas que seriam venidas na casa de bacanas, notebooks e celulares com os nomes dos clientes, de políticos importantes e pastores conhecidos que protegiam a milícia, entre muitas outras informações. Seu Zé das Mortes fugiu antes da operação policial, foi avisado por alguém do batalhão, e Seu Lucifér desapareceu logo no início da invasão do morro. O círculo estava se fechando, como a dança-aro-íris de Oxumarê. Arreboboi!

Este era o dia que minha madrinha, Joana-Dandara, tanto aguardava; era e não era, porque a justiça ainda não estava feita; o azucrin caiu no mundaréu-mundão, ninguém sabe para onde ele foi; e justiça de verdade, para ela, seria cortar os bagos do lastimoso, fazer picadinho dele, na ponta da faca. O senhor não conheceu minha madrinha, nada sabe sobre ela, além das coisas que eu lhe digo. Pois eu afirmo: ela sempre foi mulher doce, suave, aquietada, alheia a agitações, a tumultos; morte de Talita, porém, mexeu com ela lá no fundo, e Joana-Dandara agora era outra pessoa; capaz de amar como nunca imaginou antes, e capaz de odiar também, com sangue nozóio. Ai de Seu Lucifér, se caíssse nas mãos de minha madrinha, iria comer o pão que o diabo amassou, misturando a farinha com as tripas do delinquente. Se eu tenho pena de Waldomiro Arcanjo, o senhor pergunta? É isso mesmo que o senhor quer saber? Pois não tenho não, dó nenhuma, nadinha de nadica, ele que se lasque, no nono círculo do inferno! Bem, após a divulgação do vídeo de Pétala e da ação policial no morro, equipes de reportagem foram até a Boca Quebrada, para conversar com os moradores sobre os abusos da milícia e a morte de Talita; a partir desses testemunhos e das provas obtidas, era possível iniciar uma investigação rigorosa, levar os milicianos a um tribunal e depois jogá-los no xilindró, onde passariam o resto de suas vidas. Justiça seria feita, com as graças de Xangô!

Bárbara telefonou para Dandara, animada com as notícias, e convidou-a para jantar com ela e Jerônimo. Maria Quitéria também estaria presente e seria o momento de celebração! Logo o crapuloso estaria preso, ele e o seu chefe, Zé das Mortes, e todos poderiam esquecer esse triste episódio, guardando apenas a lembrança doce de Talita, a moça-menino, quando estava viva, ela que era ele e todos nós. Madrinha ouviu o convite, agradeceu, mas disse que ficaria para outra vez; ela já tinha comprado passagens aéreas para Salvador, tinha de resolver um assunto urgente lá.

Ela iria encontrar sozinha o filho de uma égua.

CAPÍTULO VII

Joana chegou em Salvador no dia da festa de Obá.

Se fosse em outros tempos, ela dançaria usando um vestido cor de rosa, com turbante e contas coloridas, para saudar a rainha do rio e do cobre, dançaria com uma espada, para louvar a deusa guerreira, como fazia no terreiro na época em que era menina, antes de casar-se com Fausto. Dessa vez, porém, ela não iria dançar. Ela não sabia onde estava o gato preto, nem a coruja, mas desconfiava. Encontrou-se com o primo, Tonhão Cosme, na delegacia mesmo, onde ele trabalhava, como escrivão; pediu a ele o endereço da mãe de Waldomiro, Dona Marinalva; o negro que se vestia de branco quis convencer a prima a não procurá-lo, a não fazer uma loucura dessas; o homem era perigoso, estava sendo caçado pela polícia, a prima não devia se envolver nisso. Deixe que as coisas aconteçam. Ele será preso, terá a sua justa punição. Mas Dandara insistiu; disse que não sairia dali sem o endereço da mãe do canalha. Tonhão Cosme, contrariado, vendo a resolução da prima, não teve escolha e deu a ela a informação desejada, não sem antes repetir muitos conselhos. Dandara agradeceu com um sorriso discreto e saiu da delegacia, com os olhos duros, imóveis, de quem não está preparada para o amor; olhos de quem deseja apenas o justo acerto de contas. Com essa firmeza, ela visitou primeiro a casa onde Waldomiro vivera com sua esposa e filhos, em Cruz do Cosme, mas eles nada sabiam do canalhoso; foi até a casa onde ele residira com Talita Totonho, antes da matação, mas o barraco no bairro de Sussuarana foi transformado em igreja evangélica.

Ela estava certa, só havia um lugar onde o maldito estaria seguro, o lugar mais óbvio e, por isso mesmo, a polícia não foi até lá: a casa da mãe do malvado. Restava elaborar o plano de batalha: como aproximar-se? Como entrar na casa? Como ficar sozinha com ele, olhar bem em seus olhos, antes de furar sua barriga com a lâmina de aço? Dandara pensava apenas nisso, todo o tempo, mesmo que o preço da matança fosse passar o resto de sua vida na cadeia. Isso não tinha a menor importância. Ela também pensou em matar-se, após concluir a vingança, com a mesma lâmina, após despachar o desafeto para a terra dos pés juntos, mas não; ela não queria misturar o seu sangue ao dele, mesmo que apenas na faca. Se ela fossse tirar a própria vida, jogaria-se então em um rio, para que Obá levasse a sua alma para o orum. Incerta nas ideias, madrinha foi até a Igreja de Nosso Senhor do Bonfim. Perdão, ela não queria; tinha consciência do pecado que ia cometer; nem pediu nenhuma luz que a fizesse desistir da sanha de morte. Elá só queria explicar os seus motivos, não justificar-se. Mostrou sua alma nua ao Criador, para que ele ouvissse dela mesma, Dandara, em suas palavras mudas, as sem-razões de tanto rancor. Ela fez o sinal da cruz, ajoelhou-se, fez a sua oração, depois foi à sala dos ex-votos, e por fim foi embora. Quis fazer uma última visita, antes de encontrar o lazarento; foi à Casa de Iemanjá, ao Rio Vermelho, para ver pela última vez aquele espaço construído pelos pescadores em homenagem à senhora das águas salgadas. Não havia nenhum parente para ela se despedir; os pais morreram, a irmã morreu, os primos estavam dispersos pelo mundéu, apenas com Bárbara ela tinha alguma proximidade, mas não podia contar-lhe o seu projeto; ela e Jerônimo tentariam impedi-la, e isso ela não podia aceitar. Resolveu, então, antes de buscar aquele cão-dos-infernos-jurado-de-morte, escrever uma longa carta, que enviaria para Bárbara, que seria assim a guardiã de seu segredo. Ela sentou-se então na escrivaninha de sua antiga casa, na rua Santo Antônio, onde morou tristes anos com Fausto, estas palavras:

"Eu, que já fui Joana, nome de cartório e de pia, sou agora Dandara, aquela que não tem pai, mãe, irmã ou marido; aquela que vive só para a morte. Moça, não conheci o amor; casei por arranjo de painho Tinoco e mainha Jibi-Zizinha. Tive pouca formação, pouco estudo; só sabia fazer as lides da casa, ajudar o marido no trabalho na farmácia e a preparar chás e banhos de ervas, que aprendi com mainha. Sei costurar muito bem, o que garantiu o meu sustento, depois de mudar-me para São Paulo. Poderia, se quisesse, seguir carreira na moda, mas nem isso me deixava feliz. Desde a morte de Talita, minha mana, meu mano, pela maldade de um cafetão e de uma rameira, não tenho um só dia de paz comigo mesma. Sinto-me suja, impura; uma porca, sou uma porca, porque não ajudei Talita quando podia; quando ela estava viva, e vendia o corpo para comer. Sim, eu tinha vergonha dela; vergonha e nojo, não aceitava aquela mudança em meu mano, achava que não era certo. Meus pais deram as costas para a pobrezinha, eu também. Você pode imaginar o tamanho de minha culpa? Por que eu não a tirei daquela situação e lhe ofereci outras oportunidades? Se Fausto não aceitasse, eu poderia deixá-lo, nunca o amei mesmo. Nós duas viveríamos numa pequena casa, ajudaríamos uma a outra, sem dependermos de nenhum macho para coisa alguma. Não faltaria comida, nem o afeto de irmãs; seríamos balconistas, caixas de supermercado, qualquer coisa que nos garantisse uma vida digna. Mas não: eu a enxotei como a um cachorro, a uma cadela, a um bicho qualquer de rua, para minha vergonha. Ouvi boatos sobre o caso dela com Waldomiro, um polícia; eu a procurei naquele momento, para aconselhá-la? Não. Senti mais vergonha ainda, por ela deitar com um bandido. Houve também a inveja. Sim, a inveja. Talita era livre: deitava com qualquer um, velho, menino, bandido, aleijado, quem lhe pagasse para foder, e guardava o amor para quem ela escolhesse; não se casou contra a vontade com um seboso, um ordinário, para que ele a sustentasse por toda a vida; ela garantia o próprio sustento e fazia o que desejava, sem pedir permissão a ninguém. Vaidosa, usava sapatos de salto alto, vestidos, joias falsas, maquiagem; eu, sempre vestida como freira ou velha, alguém que não era eu mesma; Talita vestia-se para mostrar-se nua, ser vista, admirada por todos; eu me vestia para ficar invisível, não ser notada por ninguém, desaparecesse no chão; eu era nada, não queria ser nada; só queria ficar sozinha com meus bordados e esquecer que estava viva. Por isso, eu odiei Talita, odiei-a com todas as forças; como ela se atrevia a ser mais mulher do que eu, mais jovem, mais bonita, ter todos os homens que ela quisesse?

Sou uma miserável, eu sei; aquela que não viveu, nem deixou os outros viverem. Havia um impulso dentro de mim, algo estranho, animal, luminoso; algo que deseja explodir em mil estilhaços de luz, como o sol; havia em mim uma música infinita, sonhando em sair do piano e misturar-se a tudo que estivesse no espaço em volta, móveis, janelas, lustres, flores, o universo; um grito incontido, condenado ao silêncio. Eu era a minha própria prisioneira. Posso culpar Fausto, o otário, por permitir que ele me escravizasse? Posso culpar painho, mainha, por ter aceitado casar com um idiota? Eu poderia fugir, por que não fugi? Abandonei os estudos para cuidar da casa, ajudar com o trabalho na farmácia; alguém me pediu isso? Eu não podia rebelar-me e exigir o direito de voltar aos estudos? Ou alguém em mim que eu desprezo pretendia passar toda a vida atrás do balcão de uma farmácia? Talita, com certeza, me achava fraca, covarde, tacanha; ela teria toda a razão de pensar assim, mas eu não podia permitir ou tolerar esse seu pensamento. Como ela ousaria? Como ela, a vagabunda, poderia pensar qualquer coisa a meu respeito? Como poderia sequer pensar em mim, sem sujar-me, sem arrastar-me para o seu lodo? Os anos passavam, eu ficava mais velha, apareciam as primeiras rugas e minha vagina estava seca, morta. Ela, ao contrário, dez anos mais moça, estava cada vez mais linda; eu a seguia, no Instagram, não para estar conectada ao meu irmão, minha irmã, mas para invejá-la, odiá-la. Numa foto, ela aparecia de biquíni no iate de algum cliente de alto nível; em outra foto, ela aparecia quase nua, fazendo pole dance numa boate; havia fotos de seu rosto apenas, o cabelo liso, bem comprido, com progressiva e apliques indianos de cabelos naturais, os olhos castanhos, a boca bem definida, o nariz delicado; e uma expressão no olhar capaz de seduzir um morto. Mulher alguma na face da Terra tinha um olhar como o de Talita; era insuportável, para mim, que ela continuase a olhar desse jeito. Você devia ficar cega, ouviu?, eu gritava para mim mesma. Você devia ficar cega! Ou então, ser atropelada por um caminhão, ter membros amputados, ficar com o rosto desfigurado, os seios esmagados, para que nenhum homem, nunca, nunca mais, venha desejá-la! Queria vê-la numa cadeira de rodas, num quarto de hospital, toda torta, contorcendo-se em dores! Você não poderia usar mais seus vestidos curtos, sandálias prateadas, botas pretas de cano alto, lingeries sensuais, muito menos as blusas decotadas que deixavam os seios à mostra. Você seria um monstro, aberração, talvez ficasse louca e o Fausto internasse o cunhado deformado num hospital público para doentes mentais! Como eu desejava que isso acontecesse... só então eu poderia ser feliz, pensava. Quando você morresse, desaparecesse, então eu nasceria de novo; teria outro corpo, outra identidade, outro nome, e não teria mais inveja de você, nem medo, nem asco. Você seria nada, ouviu? Seria nada! Mas as coisas aconteceram de outro modo. Você morreu sem a minha permissão, como pode fazer isso? Foi se envolver com um maluco assassino, todos conheciam a fama dele... era isso o que você queria? Um macho que a espancasse, xingasse, e depois a fodesse no rabo, para você gozar feito uma louca? Você era feliz com Waldomiro? Por acaso eu autorizei que você fosse feliz? Não, isso não poderia continuar! Quando fiquei sabendo da existência de Pétala, e de seu rancor por ter sido abandonada por Waldomiro, tive a grande ideia. Eu não teria o prazer de estrangulá-la, vadia. Outros fariam isso por mim e eu continuaria livre, viva e feliz.

Conversei muito com Tiago Alaripe sobre Pétala; fiz perguntas, ele não estranhou, e por fim descobri o endereço da cadela. Escrevi uma carta anônima para Bebê-Benedita-Pétala, e menti, dizendo que Talita traía o seu macho com o vizinho. Pétala não perdeu a oportunidade, contou tudo para o tonto do ex-amante, contou tudo para todos do bando de Zé das Mortes. Agora, era questão de honra. Ele não podia tolerar ser traído pela companheira. Ele era o tenente do bonde, o segundo em comando, o gostosão. Não era alguém para ser corrneado por uma piranha com um tipo qualquer. Isso era inaceitável. A honra se lava com sangue, mas Waldomiro, imaginem, teve dó de matar aquela puta. Mandou os homens baterem feio nela, deixarem seu corpo cheio de hematomas; depois, seria jogada no mato de noite, para ser comida pelos cães. Pétala, porém, não achava isso justo; como Talita podia continuar viva, depois de trair o vice-líder do bando, aquele que já foi o seu homem? Ela não aceitava essa decisão de Waldomiro e acertou a cabeça da vagabunda com um martelo, para ter certeza que ela não sobreviveria à surra. O resto da história, todos conhecem. Pétala nunca descobriu que eu entreguei Talita, nem prima Bárbara, nem Jerônimo, talvez nem mesmo Waldomiro Arcanjo; só a preta Maria Quitéria ouviu a minha confissão; talvez me achassse louca; talvez eu seja mesmo louca. Após a morte de Talita, eu quis celebrar, beber, beber muito, dançar, talvez, eu que nunca bebia ou dançava. Porém, logo a alegria se transformou num vazio profundo, um vazio cheio de dor e arrependimento. O que eu fiz! Meu Deus, o que eu fiz! Meu irmão, minha irmã! Eu matei alguém de meu sangue! Isso estava certo, estava? Não, não podia ser. Eu era inocente. O que escrevi, no bilhete para Pétala, eram mentiras de irmã invejosa; eles não podiam fazer o que fizeram com ela só por minha causa. Eles a mataram porque eles são os culpados, os maldosos; eles têm inteira responsabilidade pelo crime. Sou inocente. É comum haver desavenças entre irmãos; em todas as famílias há assuntos não resolvidos. Isso não quer dizer que eu desejava, no fundo do coração, vê-la morta. O humano é contraditório, não é? Conflituoso. Quantos anjos e demônios não lutam em minha mente? O que é verdadeiro, o que é falso? Serei uma pessoa, duas, três, que convivem no mesmo corpo e tem vidas diferentes, memórias diferentes? Serei louca, então? Pois então, decidi, a verdade é que Talita foi morta pelo meganha; culpa dele ter ciúmes da companheira, que era fiel a seu macho. Ele foi injusto, despótico, cruel. Ele é o meu inimigo. Apenas eu posso matá-lo, para vingar Talita, vingar a mim mesma, aquela que um dia eu fui, terna, amorosa, irmã que amava seu irmão. Pois então, será assim, irei persegui-lo, até o último círculo do inferno, se for preciso, para limpar a minha honra e a de minha mana.

Sou inocente; ele, o culpado, o inimigo que devo matar, como a um cão sarnento."

Talita Totonho, a cabrita-macho-de-peitos, menina-menino, mercê de Oxumarê, aquela que foi morta numa rua do Rio Vermelho, estava agora em todos os jornais. Joana, que mudou seu nome para Dandara, também. Em sua loucura, foi até a casa de Dona Marinalva, mãe de Waldomiro, para vingar-se; chegando lá, porém, ficou imóvel; madrinha estava frente a frente com o meganha, que não recuou, nem desviou o olhar; apenas sacou o seu revólver, calibre .38, e fez madrinha de peneira. Ele atirou sem parar, até os vizinhos chamarem a polícia, que o deteram em flagrante. Ele não evitou a prisão, não fugiu; ela não evitou o desenlace, estava lá para isso, para ser morta pelo mesmo meganha que trouxe a desgraça para o seu mano, sua mana. Talvez assim ela fosse perdoada. Talvez, quem sabe, encontrasse Talita no céu.

SOBRE O AUTOR

Claudio Daniel, pseudônimo de Claudio Alexandre de Barros Teixeira, é poeta, tradutor e ensaísta. Nasceu em 1962, na cidade de São Paulo (SP), onde se formou em Jornalismo pela Faculdade de Comunicação Social Cásper Líbero. Cursou o mestrado e o doutorado em Literatura Portuguesa na Universidade de São Paulo (USP), onde defendeu a tese *A recepção da poesia japonesa em Portugal*. Realizou o pós-doutoramento em Teoria Literária pela Universidade Federal de Minas Gerais (UFMG), durante o qual realizou pesquisa sobre o tema *Caligrafia e vissualidade na poesia experimental portuguesa*. Foi diretor adjunto da Casa das Rosas, Espaço Haroldo de Campos de Poesia e Literatura, em 2007, curador de Literatura no Centro Cultural São Paulo entre os anos de 2010 e 2014 e colunista da revista CULT.

Sua obra poética foi traduzida parcialmente para o inglês, espanhol, italiano e japonês. Em 2001, recebeu o prêmio Redescoberta da Literatura Brasileira, oferecido pela revista CULT. Em 2007, foi selecionado para o Programa Rumos Literatura, promovido pelo Itaú Cultural, e em 2009 recebeu a bolsa de criação literária oferecida pela Funarte. Organizou os eventos literários internacionais *Galáxia Barroca* e *Kantoluanda* na Casa das Rosas, em 2006, na cidade de São Paulo, e foi um dos curadores do festival *Tordesilhas, Festival Ibero-Americano de Poesia Contemporânea*, realizado em 2007, na Caixa Cultural, e do *Tordesilhas, Poetas de Língua Portuguesa*, realizado em 2010, na Casa Fernando Pessoa, em Lisboa. Em 2011, foi convidado para o III Festival Internacional de Poesia em Santo Domingo, República Dominicana. Em 2021, participou dos eventos online Festival Zoopoético, Nkodya DyaMpangu – Encontros de Arte e Pensamento – e Templo d'Escritas – I Festa Literária Internacional da Língua Portuguesa.

Participou de diversas antologias, nacionais e internacionais, como *Pindorama, 30 poetas de Brasil,* organizada e traduzida por Reynaldo Jiménez (Buenos Aires: *Tsé Tsé*, 1998), *New brazilian & american poetry*, com seleção e tradução de Flavia Rocha e Edwin Torres (New York: *Rattapallax* n. 9, 2003), *Cetrería, once poetas brasileños*, preparada por Reina María Rodríguez (Havana: Casa de Letras, 2003), *Antologia comentada da poesia brasileira do século* 21, organizada por Manuel da Costa Pinto (São Paulo: Publifolha, 2006), *Alguna poesía brasileña*, com seleção e apresentação de Rodolfo Mata e Regina Crespo (Cidade do México: editora da Universidad Nacional Autónoma de México, 2009), *Roteiro da poesia brasileira: anos 90*, preparada por Paulo Ferraz (São Paulo: Global, 2011), entre outras. *A Casa das Encantadas*, seu segundo romance publicado, faz parte de uma trilogia iniciada com *Mojubá* (2021) e que será concluída com o livro *Janaína*, cuja publicação está prevista para 2023. No campo da prosa de ficção, publicou ainda o *Romanceiro de dona Virgo* (2004). Atualmente, Claudio Daniel é editor da revista eletrônica de poesia e debates *Zunái,* do blog *Cantar a Pele de Lontra* (http://cantarapeledelontra.blogspot.com) e ministra aulas online de criação literária no Laboratório de Criação Poética, curso realizado à distância, via internet.

LIVROS PUBLICADOS

POESIA:

Sutra (edição do autor, 1992)

Yumê (Ciência do Acidente, 1999)

A sombra do leopardo (Azougue, 2001)

Figuras metálicas (Perspectiva, 2005)

Fera bifronte (Lumme Editor, 2008)

Letra negra (Arqueria, 2010)

Cores para cegos (Lumme Editor, 2012)

Cadernos bestiais, volume I (Lumme Editor, 2015)

Esqueletos do nunca (Lumme Editor, 2015)

Livro de orikis (Patuá, 2015)

Cadernos bestiais, volume II (Lumme Editor, 2016)

Cadernos bestiais, volume III (Lumme Editor, 2016)

Fuyú, poemas de inverno (primeira edição, Espectro editorial, 2017; segunda edição, Córrego, 2020).

Cadernos bestiais, breviário da tragédia brasileira (Lumme Editor, 2018)

Portão 7 – Cem haikus (Lumme Editor, 2018)

Fiore occipitale è il nome della testa (Lumme Editor, 2019, antologia bilíngue, português-italiano, com traduções de Alessandro Mistrorigo.)
Cadernos do rio vermelho (Galileu Edições, 2020)

Marabô Obatalá (Kotter, 2020)

Cantigas do luaréu (Arribaçã, 2022)

Sete olhos & outros poemas (Córrego, 2022)

E-BOOK:

Marabô Obatalá (Leonella Editorial, 2017, http://amzn.to/2GEy3Yp)

EM PORTUGAL:

Escrito em osso (Cosmorama, 2008)

Antologia da poesia brasileira do início do terceiro milênio (07 Dias, 06 Noites, 2008)

Marabô Obatalá (Kotter, edição portuguesa, 2020)

NO MÉXICO:

Yumê. Tradução: Victor Sosa (Calygramma, 2014)

FICÇÃO:

Romanceiro de dona Virgo (contos, Lamparina, 2004)

Mojubá (romance, Kotter, 2021)

A casa das encantadas (romance, Kotter, 2022)

TRADUÇÃO:

Geometria da água e outros poemas, de José Kozer (Fundação Memorial da América Latina, 2000, em colaboração com Luiz Roberto Guedes)

Estação da fábula, de Eduardo Milan (Fundação Memorial da América Latina, 2002).

Madame Chu e outros poemas, de José Kozer (Travessa dos Editores, 2003, em colaboração com Luiz Roberto Guedes)

Prosa do que está na esfera, de Leon Felix Batista (Olavobrás, 2003, em parceria com Fabiano Calixto).

Jardim de camaleões. A poesia neobarroca na América Latina (Iluminuras, 2004).

Sunyata e outros poemas, de Victor Sosa (Lumme Editor, 2006).

Shakti, de Reynaldo Jiménez (Lumme Editor, 2006).

Íbis amarelo sobre fundo negro, de José Kozer (Travessa dos

Editores, 2006, em colaboração com Luiz Roberto Guedes e Virna Teixeira).

ANTOLOGIAS:

Na virada do século, poesia de invenção no Brasil (Landy, 2002, em colaboração com Frederico Barbosa).

Perfectos extraños. seis poetas de Brasil. Antologia de poetas brasileiros contemporâneos, em versão bilíngüe, com traduções ao espanhol por Eduardo Milan (revista *El Poeta y su Trabajo* n. 15, Primavera / 2004, México).

O arco-íris de Oxumaré. Antologia de poetas brasileiros contemporâneos, em versão bilíngüe, com traduções ao espanhol por Reynaldo Jiménez, Manuel Ulacia e outros (revista *Homúnculus* n. 3, Verão / 2004, Peru).

Todo comienzo es involuntario. Ocho poetas jóvenes brasileños. Antologia bilíngüe com traduções de Leo Lobos (revista *El Navegante* n. 2, Verão, 2007, Chile).

Ovi-Sungo, Treze Poetas de Angola (Lumme Editor, 2007).

El ornitorrinco naranja (Lumme Editor, 2014)

Poemas para a Palestina (Patuá, 2014)

80 balas, 80 poemas (https://www.revistazunai.org/80-balas--80-poemas)

PLAQUETES DO LABORATÓRIO DE CRIAÇÃO POÉTICA:

Tanto mar sem céu (Lumme Editor, 2017)

A noite dentro da ostra (Lumme Editor, 2019)

As luas: o amor e suas variações (Lumme Editor, 2020)

Poesia em tempos de barbárie (Lumme Editor, 2017)

NA INTERNET:

Zunái, Revista de Poesia e Debates: www.revistazunai.com.br ("primeira dentição"); www.zunai.com.br ("segunda dentição"); www.http://revistazunai.org ("terceira dentição");

Cantar a Pele de Lontra (blog), http://cantarapeledelontra.blogspot.co

pólen bold 90 gr/m2
tipologia minion pro
impresso no inverno de 2023